孤独な森のひきこもり魔女、王太子妃として溺愛される

夕鷺かのう

ビーズログ文庫

イラスト／祀花よう子

Contents

ラケシス・モイライ
樹海でひきこもり生活をする魔女。魔性と言われるモイライ一族だが、純血ではないためか地味で目立たない。偶然アレンを助けたことをきっかけに、なぜか王宮で暮らすことになって……!?
孤独な森の
ひきこもり魔女、
王太子妃として
溺愛される
アレン・アスカロス・レヴェナント
レヴェナント王国の王太子。頭脳明晰、文武両道、公明正大で民にも慕われる、完璧な王子様。なぜか初対面からラケシスに好意的。伝説の〝溺愛の呪い〟にかかったと思われるが……。
人物紹介

ガイウス・グリム

アレンの従兄で
側近の一人。
優秀だが、
魔女を毛嫌いしている。

クロトー・モイライ

ラケシスの姉で三姉妹の次女。
清楚で控えめな印象で、
どこか陰のある
美しさをもつ。

アトロポス・モイライ

ラケシスの姉で三姉妹の長女。
明るく華やかな印象で、
魅惑的なスタイルを
もつ美女。

ロロ

ラケシスの使い魔。
黒い子猫の姿をしている。

ミシェーラ

ラケシスの専属侍女。

プロローグ

むかし、むかし。今から二百年ほど前のこと。

西の大国レヴェナントの王様とお妃様のもとに、愛らしい王子様が生まれました。

この国では当時、やんごとない身分の家に赤ん坊が生まれると、高名な魔女たちをお披露目の宴に招くのが流行でした。

心尽くしでうんとおもてなしする代わりに、祝福の魔法をかけてもらうためです。王様とお妃様は、作法に従い国中の魔女たちを呼び寄せました。

しかしたった一人、——いにしえの大魔女モイライ一族のメーディアにだけは、招待状を出しませんでした。

なぜって？

メーディアは、それは美しく強い魔女でしたが、それはそれは男癖が悪かったのです。毎日のように恋人をとっかえひっかえ、泣かせた男は数知れず。挙げ句の果ては国内に『メーディア被害者の会』ができるようなありさまで、『そんな悪評持ちの魔女に、生まれたばかりの王子がとんでもない影響を受けでもしたら……』という国王夫妻の心配は、至極もっともなものでしょう。

けれどそんな事情、もちろんメーディアにとっては知ったことではありません。国をあげての盛大なパーティーに、自分だけ席が用意されなかったメーディアはカンカンです。

空飛ぶほうきにまたがってお祝いの宴に乗り込んできたメーディアは、怯えてブルブル震える王様とお妃様を見つけるなり、闇色の髪を怒りに逆巻かせ、毒々しい紫の瞳をぎらりと底光りさせて、血のように赤い唇で告げました。

『よくもまあ、あたくしだけのけものにしてくれたね。お返しに、二度とあたくしのことを無視できないように、お前たちに呪いをかけてやる。そうさな、――』

緋色に塗られた長い爪が、王子様のゆりかごを禍々しく示しました。

『お前たちの血筋の男は皆、あたくしたちモイライ一族の魔女を一目見た瞬間に、問答無用で、身を焦がすような激しい恋に落ちるだろう！　これから未来永劫子々孫々に亘り、一人残らずね！』

恐ろしい呪いの言葉を叫ぶと、メーディアは高笑いを残して飛び去っていきました。

メーディアの力はたいそう強く、他の誰も魔法を解くことができません。

以来、仕方なくレヴェナント王室は、半永久的にモイライ一族を王宮に出禁にしたということです――

1 はじまりは突然に

モイライ一族の魔女は、吐息まで薔薇の香りがする。

その声は澄んだ天籟、その黒髪はつややかな紫檀、両の眼にはアメジストの輝き——

（……って根も葉もないことを最初に言い出したのは、一体どこのどちら様なの）

この言葉を聞くにつけ、曲がりなりにもその一族に名を連ねる魔女の端くれとして、ラケシス・モイライ——ラスはため息をつきたくなる。

たしかに一族には美しい人が多い。けれどそれは、純血の魔女に関してだけだ。

『エッ、あんたもモイライの魔女なのか？　ほんとに？　嘘だろ？』

『姉二人とは似ても似つかないってか。こりゃまたえらく控えめなのもいたもんだ』

『薔薇より野いばら、いやいや、……うーん。シロツメクサの枯れたやつくらいかね』

華が足りない目立たない、いるかいないかわからない。空気のほうがまだ存在感がある。

云々云々。言われに言われ続け、十七年。いい加減に慣れっこになった評価の群れだ。

そしてラスは今や、ただの事実として納得している。

（うん。……私、とてもとても地味なんだわ）

魔女。

姿かたちこそ人間の女だが、その実態は樹海から来た恐ろしい化け物。

生まれながらにその身に魔力を宿し、邪悪な魔法の力を得て、ほうきで空を飛んでは赤ん坊をさらう。凶暴な樹海魚を使い魔として従え、大鍋で煮た怪しげな毒薬から疫病を作ってばら撒き、世に不幸と災いをもたらす存在――

……などという見当違いの風説が流布していたのは、遠い遠い昔の話だ。

確かに魔女は、かつて畏怖や差別の対象であった。迫害を恐れ、大陸をぐるりと囲む広漠な樹海に逃げ込んで、息を潜めていたころもあった、らしい。

が、何百年も前に、前王朝の〝凶王〟ハインリヒが大規模な魔女狩りを行ったのを最後に、弾圧されることも、逆に人間に仇なすこともなく、すっかり社会に溶け込んで暮らしている。一般人でも使える魔石を動力源に、さまざまな技術が開発されている昨今においては、特に。

もちろんほうきで空を飛ぶものも、大鍋で薬を煮る魔女もいるが、それでも疫病をむやみやたらにばら撒いているような話は、あいにくとんと聞かれない。西大陸の大半の覇権が現レヴェナント王朝に移ってからは、魔石なしに魔法を使える便利な人材として、いたく重宝されているほどだ。

――例えばそれは、こんな触れ書きが、街中に堂々と掲示されているところからも明らかなのである。

『レヴェナント王立魔術研究所では、お抱え研究員を急募しています！　あなたも王国のためにその力と知識を活かしませんか』

「はぁ……」

　レヴェナント王国、花の王都セメレの外れ。その中でもうんと下町、赤レンガ積みの家々の並ぶ地区にある、椎材の古びた掲示板。そこに不釣り合いなほど分厚く上等な紙に刷られた文言をとっくりと眺めやり、ラスは深々とため息をついた。

　貼り紙の下部には、雷槍と狼を象った王家の印章がしっかり捺されている。まごうかたなき王室発布、本物のお触れ書きだ。

（王立魔術研究所で働く、かあ。……そんなこと、できたらいいなあ。夢だわ。……はぁ）

　大きな籐のカゴを腕に引っ提げたまま石畳の道の半ばで立ち止まり、ついついため息を量産する。名残惜しげに紙を睨んでいると、すぐ後ろで品物の運び込みをしつつ様子を見ていたなじみの商店のおかみさんに、大きな声で笑われてしまった。

「ラス、あんたうちに薬を卸しにくるたび、その募集チラシを見つめてるね。いいかげん穴が開いちまうよ。そんなに研究職が気になるなら、応募してみりゃいいじゃないか」

宮仕えなら大層な高給取りになれるだろうしね、と続いた言葉に、薄紫の瞳をぱちぱちと瞬かせてから、ラスは白い頬にかあっと朱をのぼらせる。

「む、無理よおかみさん。私なんかが王立魔術研究所にだなんて」

「ええ？　無理なもんかね。あんたの作る薬香はそりゃあよく効くし、処方だって適切だろ。おまけに今の王立魔術研究所の総責任者は、かのアレン殿下だ。もし不採用だったとしても、我が国の女性という女性がこぞって憧れる、麗しの王太子様にちょっとでもお目通り願えるだけでも、あんたみたいな年頃の女の子には御の字じゃないか」

「薬を褒めてくれてありがとう、けど……そういうのじゃないです……」

恰幅のいい体を揺らして豪気にケラケラ笑うおかみさんに、ラスは口籠もって俯く。

（アレン王太子殿下、……かぁ）

このレヴェナント王国の王太子アレン・アスカロス・レヴェナントといえば、西大陸で知らぬものはない有名人だ。そもそも三百年前の建国以来、安定した治世を誇るレヴェナント王室であるが、とりわけアレンは幼少時より頭脳明晰、文武両道との誉れ高い。

その名声は、おん年十九となられた今でもますます高まるばかりで、臣下の人望篤く、彼の関わった政策は軒並み評判がいいときた。つまり、優秀で誰にでも親切、私欲なく公明正大で人望があり、民にも慕われている、いわゆる『完璧な王子様』である。

何より有名なのは、眉目秀麗と謳われるその容姿だ。しろがね色に輝く髪と蒼穹を写し取った双眸は、美形の多い王室にあっても抜きん出ているとか。

早くも戴冠が楽しみだと将来を嘱望される、天は二物どころか「万物与えたんですか？」と噂される人物――それが、今の王立魔術研究所を率いている、アレン王太子なのである。

「殿下は魔術研究所の事業に特に力を入れていらっしゃるんだろ。ラスにゃ渡りに船だ。この町にもじきに募集の面接官が回ってくる予定だし、一丁がんばんなよ」

おかみさんは、もうすっかりラスが研究所に入りたい前提になっているようだ。

（そういう問題じゃないのに！　憧れは憧れだけど、私が王宮の近くに行けないのはまた別問題で……！）

思わずこと細かに心情を吐露しそうになったものの、グッと堪える。そういう話は、このおかみさんだって〝知らないわけがない〟のだ。代わりに、くだらない別の理由をモゴモゴと話す。

「実技はさておき面接を切り抜けられる気がしないし……。王宮から派遣されて来るだろう面接官の方々は、きっととても目が肥えているに違いないわ。そんな人たちに、一緒に働いてほしいと思ってもらえる自信がないもの」

あくまで後ろ向きなラスに、おかみさんは鼻を鳴らした。

「そんなもん笑顔で切り抜けりゃいいのさ！　悪たれどもにはくさされても、あんた見てくれの元はいいんだ。滅多に仏頂面を崩さないけど、ちょっとにこっと笑えば、きっと可愛いはずさ」

赤いリボンをカチューシャのように飾った、ゆたかに波打つ黒髪は腰をすぎるほどの長さで、瞳は透き通る淡いバイオレット。少しきつめの印象を与えるものの小作りな顔立ちは整っていて、唇は紅薔薇、肌はミルクに似たなめらかな白。

売り物のりんごを「客が来ないから」とかじるおかみさんに歌うように褒められ、ラスはいたく動揺した。

「え、え……」

「さあさ、あたしを王宮から来た面接官だと思ってさ、ちょっと笑ってごらんよ」

調子に乗ったおかみさんから、「ほら早く」と促されて、慌ててラスは頬に力を入れて〝笑顔〟を作る。

途端。

――ニタァッ。

あまりに邪悪なその人相に、おかみさんの手からポロッとりんごが落ちた。

「……あんた、やっぱり面接は無理かもね」

「でしょ……」

地べたに落っこちる前にりんごを受け止めたおかみさんが、恐る恐るといったように評定を下したので、ラスはいつもの神妙な表情に戻って顎を引いたのだった。

魔女には百年単位で若々しいまま命を保つものも多いが、ラスは見た目通りの十七歳だ。

理由は簡単で、ただの人間の血が半分入っているから。魔力はさほど強くないし、寿命は普通の人間と同じくらい。そこについて特に異存はない。でも。

（どうして私ってこんななの！）

固まったままのおかみさんに見送られ、しょんぼり肩を落として王都下町の路地を歩きながら、ラスはムニムニと自らの頬を引っ張った。

（笑うのが絶望的に下手くそなのは、どうにかできないものかしら。せめて『笑顔だけは一丁前に凶悪な、古代の魔女の先祖返り』なんて、人さまから後ろ指さされないくらいになりたいな……）

なにせラスときたら、性格は絵に描いたような人見知り。

おまけに口下手で無愛想で引っ込み思案。

加えて笑顔がこの調子なので、生まれてこの方いっかな親しい人付き合いができないのだった。おしゃべりの相手は、さっきのおかみさんのように薬を卸している商店の関係者以外は、一緒に暮らしている使い魔だけだ。

（あーあ。王立研究所で働きたいなんて贅沢言わないから、普通にお友達が欲しいなあ）

磁器めいた白い肌、緩やかなウェーブがかかった長い黒髪に薄紫の瞳を、姉たちは可愛い可愛いと褒めてくれるけれど、それを真に受けて調子に乗っていられたのはせいぜい七歳かそこらまで。純血の魔女にして絶世の美女である姉たちに比べて、自分の見た目が地味なのはいやがうえにも思い知らされる。

　加えて、笑おうとするとどうしても変に顔に力が入って邪悪な凶相になるので、薬を売りに町に出てくるたびに「死者の肌、闇の髪、毒の瞳の魔女がきた」と通りすがりの子どもたちには怖がられたり馬鹿にされたり。せめてちょっと親しみやすく見えるようにと赤いリボンの髪飾りを巻いているが、それすら「鮮血色の髪飾り」呼ばわりされる始末。

（私もお姉さまたちみたいに、華やかで自然に、にっこりと笑えたらいいのに。なんでこう、試そうとすると〝にちゃっ〟とか〝でゅへっ〟みたいな感じになるのかしら、この不良品の表情筋は）

　加えてラスは、王宮の施設に出入りできない、絶対的な理由がある。

（だって私は——モイライの魔女なんだもの！）

モイライ一族。

水や大地や風といったさまざまな魔法属性の中でも、とりわけ「糸」にまつわる魔法を操ることに長けた、いにしえより続く魔女の血筋だ。

そして、魔術や魔女全般が基本的に優遇されるレヴェナント西王国において、唯一その名前に眉をひそめられる家系でもある。

（メーディア大おばあさまがやらかした『王子様のお祝いの席乗り込み事件』については、この国で小さな子どもでも知っているお話だもの……）

ラスの曽祖母である大魔女メーディアは、代々性格が個性的――かなり婉曲表現だ――なモイライ一族の中でも、なかなか際立って癖が強かったらしい。その分、魔力や魔法の腕前もピカイチだった。

生まれたばかりの王子様の誕生お披露目パーティーに、自分だけ招待されなかったことに腹を立てたメーディアは、あろうことか晴れやかなお祝いの場に乗り込むと、王族に呪いをかけたのだ。

その名も、〝溺愛の呪い〟。

レヴェナント王統の男子は、モイライ一族に連なる女を一目見た瞬間、運命の糸を縛り付けられる。早い話が、不可避的に身を焦がすような恋に落ちてしまう。

それは、たとえ王子が生まれたての赤ん坊であっても、逆に、見られたモイライの魔女が枯れ木に等しい老女であっても、結果は同じらしい。つまり、年端もいかない幼な児が棺桶に片足を突っ込んだお婆さんを熱心に口説くことも普通にありうるという、世にも恐ろしい呪いである。

あまりにも有名なお話なので、子どもの疳の虫封じにも「早く寝ないとモイライの魔女が来て、家畜小屋のブタを激しく愛してしまう呪いをかけられるよ！」という言い回しが使われるほどだ。

結局その呪いが今どうなったのか、そしてメーディアに何かお咎めはあったのか——などについては、流説の中では曖昧なまま。ただ、当時はモイライ一族関係者というだけで使い魔まで出禁になったとは、未だまことしやかに語り継がれている。

しかし、その件でとばっちりを受けたのは、モイライの血筋に連なる後代の魔女だ。

いや、モイライの魔女は押し並べてかなり性格が大ざっぱで個性的なので——大事なことなので言うのは二度目である——実際のところ「なにそれウケる」「ちょっと今から王族会ってくく？」と面白がるラスの姉たちのような人が多いのだろうが、ラスは残念ながら、この一族の女にしてはいささか常識的で、何より全くもって肝の太さが足りなかった。

（黒髪と紫の瞳は私たち一族の証だもの。王立研究所の採用試験なんて、姿を見せただけで門前払いに違いないわ。むしろ『何しにきたんだバーカ』って面接官に石を投げられるかも。こればっかりは、モイライに生まれたんだからしょうがない……）

結局ラスにできるのは、今まで通りの暮らしを続けることだけ。

ラスは普段、レヴェナント西王国の王都の果て、樹海のほとりにある小さな家で、占いをしたり薬効のある香油ランプや蝋燭を売って慎ましやかに一人隠遁生活している。

「帰ろっか、ロロ」

己の影に向かって使い魔の名前を呼ぶと、「にゃあん」と小さく返事があり、そこから滑り出た黒い子猫が足に擦り寄ってくる。言葉は話せないが気配に聡いロロは、今の所、ラスにとってほぼ唯一と言っていい「お友達」なのだった。

黒猫と並んで歩きつつ、ラスの思考はどんどん負の螺旋に陥っていた。

（ほんと、考えれば考えるほどに私ってばダメだわ。ダメダメだわ。中途半端な血筋の魔女だから、自分の魔力だけで使える魔法はたった一種類だけだし。まじないをかけた糸を使った治癒系の薬糸魔術は得意だけど、そんなの勉強さえすれば私じゃなくてもできるし……これじゃダメダメじゃなくて、ダメダメダメダメ……何回ダメって言ったかしら。ああもう、そういうところもダメダメなんだから……）

ラスの性格は、さほど長くもない十七年という歳月の中で、すっかり後ろ向きになってしまっていた。

自信喪失気味で疑心暗鬼で自己不信。一歩歩けば三歩下がる。できるだけ目立たず、ひっそり生きたい。それはもう、道端に転がる石のようにというか、その下に隠れ住むダンゴムシのように。

褒められると、「なんか気を遣わせてすみません……」、好意的な言葉をかけてもらうと、「ものすごく良い人なんだな……」、親切にされると「何かお返しせねばよね……」になる。まさに悪循環。これではますます敬遠されるばかりだ。

こうなってしまったそもそものきっかけは、もう思い出せない。……それこそ思い出せないくらいには、人前に出るたびに、何度も何度も「地味」「目立たない」「ぱっとしない」「野原の雑草」と言われ続けてきた。

比してラスの姉二人は、誰もが振り向くほどの美女で、性格もふるまいも派手で華やかである。そんな彼女たちは、身内のひいき目に気づかず、なにくれと末妹に構っては「うちの妹可愛いでしょ」と、恋の相手を見繕う夜会だの舞踏会だのに精力的に連れ出したものだから、ラスはますます輪をかけて萎縮してしまった。

親しくもない他人からの評価なんて気にすることでもないはずなのに、一つ一つを律義に受け取るうち、しだいに転がりおちるように卑屈で陰気な性格になってしまった。これは自分でも「どうにかしないと……」と危機感を覚えるところだった。

鬱々と考えごとに耽りながら、肩に飛び乗ってきた黒猫の、自分と同じ赤い色のリボンを巻いた首を撫でると、ゴロゴロと可愛く喉を鳴らしてくれる。その様子に少し心を和ませつつ、ラスは返事のこない問いを使い魔に投げかけた。

「ねえロロ。私ずっとこんな調子なのかしら。目立たないのはいいの。友達どころか知り合いもほとんどいないまま、あんまり人の役にも立てず、……」

ラスの言葉にロロは首を傾げると、長い尻尾で頬をくすぐってくれる。

（ここみたいな町外れならまだしも、ただでさえモイライの魔女というだけで、なんとなく王都じゃ肩身が狭いもの。このまま人の多いところにできるだけ近づかず、樹海のそばでこそっと暮らしていくつもり。でも――）

本当は、自分の魔術知識をたくさんの人のために活かしたい。

（特に、このところ王都で急激に流行っている〝動植物の凶暴化〟病……私の魔法や知識が役に立てられたらいいんだけどな）

なんの変哲もない草花や、家畜家禽はじめ犬や猫などの愛玩動物に至るまで、無害なはずの生き物が急に巨大化して人々を襲う――そんな事件が、このところ王都を騒がせているのである。

今のところ、王立騎士団が対応と民の警護にあたっているおかげか、幸いにして重傷者や死者は出ていない。しかし、近隣の農村部にまで発生の範囲が広がるにつれ手が足りなくなっており、その解決が王立魔術研究所の喫緊の課題となっている、らしい。人員の急募もそのためだとか。

（まだ症例に出くわしたことはないけど……〝私の魔法〟が役立つことがあるなら……）

魔石を使っての魔術しか行使できない魔導士と違い、魔女は生まれながらに、少なくとも一つ、自分だけの特別な魔法が使える。

特に、ラスの魔法はちょっと変わったもので、あまり実践したことはない。しかし、この〝動植物の凶暴化〟病の話を耳にした時、最初にラスの頭に浮かんだのは「私の魔法と相性が良さそう」ということだった。

（陰気で引っ込み思案な落ちこぼれ魔女の自分にも、できることがあるかもしれない）

――モイライという血筋でなければ。

王都といっても辺境の下町近くで暮らしているおかげで、「魔女」はもちろん「モイライ一族」についても、あまり差別の対象になったことはない。魔女が虐げられていた前王朝時代より幾分か歴史は新しいけれど、それでもメーディアの不祥事は二百年前だ。十分におとぎ話の範囲内である。

けれどそれは、当事者でなければ、の話だ。

ラス自身は、どうしたって気が引ける。研究のために魔女や魔導士を大量に雇うという、王立魔術研究所の募集に魅力を感じていないといえば嘘になる。けれど、「モイライだから」で諦める――その繰り返しなのだった。

（私もお姉さまたちみたいに、一族の魔女らしく自信満々で堂々と、思うように振る舞え

ればいいのに）

生まれながらの血筋というしがらみに必要以上にとらわれず、ダメ元でも毅然とぶつかっていけるような。姉たちに「ラスの遠慮深さは、もはやあたくしたちモイライの突然変異ね」と揶揄される性格が、せめてあともう少しどうにかなれば――

堂々巡りの思考に悩まされつつ。樹海にある自宅に向かって、日が傾いて薄暗くなりかけた市街地の石畳を、黒い子猫を肩に乗せたまま、ラスがとぼとぼ歩いていたときだ。

「あれ？」

昼間に吸ってため込んだ日光を使って夜間に輝く、魔石街灯をふと見上げた時。普段通りの下町のざわめきに混じって、何か聞き慣れない声が耳に届いた気がして。ラスはふと足を止めた。

（今の、悲鳴……？）

甲高く鋭いそれは、洗濯物を干すための紐が家々の間に渡された、赤レンガ造りののどかな下町風景に、あまりにそぐわないものだったので。ラスは思わず、肩でくつろぐ子猫に話しかけた。

「ロロ、あなたにも聞こえた？」

「にぃ」

細く鳴いたロロも、金色の目を音の方に据えて、耳をピンと立てている。

そうこうするうち、今度こそ間違えようのないほどの音量で、激しい怒号のようなものが響いてきた。

「大通りに行かせるな！」

「民間人の避難を急げ！」

「くそ、数が多い……！」

交わす言葉の内容まで聞き取れるようになると同時に、通りに面した家の方から土煙が上がる。女性や子どもと思しき悲鳴も追いかけてきた。

(あっち、おかみさんの店のあたり……！)

何かあったのか。さっと顔から血の気が引く。

ラスは慌てて音の方に駆けた。肩の黒猫が、振り落とされまいと必死に爪を立ててしがみついてくる。

──果たして。

表通りに着いてみると、そこには見たこともない光景が広がっていた。

パッと目についたのは、道を塞ぐようにして石畳に陣取る、巨大な緑色の塊だ。

シュルシュルと音を立てて気味の悪い触手を四方に伸ばし、徐々に膨らみ続けているそれは、よく見れば紅い花がたくさんくっついている。

(え⁉　あれ、まさか薔薇の花⁉)

普段見かける園芸種の美しい薔薇とは似ても似つかないおぞましい姿に、ラスは両手で口元を押さえる。

奇妙な紅薔薇の化け物は、棘のついたツルを無数に備えていた。大の男の腕ほども太さがあるそれを縦横無尽に伸ばしては、周囲の建物や魔石街灯を薙ぎ払っていくのだ。

そのたび、それらは軽々と土台から剝がされては吹き飛ばされる。

見れば、王立騎士団の制服を着た男たちがざっと十人近く、化け物薔薇の周りを取り囲んで、武具を持って威嚇している。しかし、あまりに強大な力の前に誰もが及び腰となっており、その間も容赦ない破壊は続いていた。

「お前、ここで何をしている！」

立ちすくんで化け物を見上げるラスの腕を、不意に誰かが摑んだ。

（もしかしてこれが噂の〝動植物の凶暴化〟病⁉）

「は、はいっ⁉」

「民間人の避難は済んだはずなのに……早く逃げなさい！」

視線の先にいたのは、身なりのいい青年だ。短く切った栗色の髪は綺麗になでつけてあり、メガネをかけた顔立ちも相まって、どことなく知的な印象を与える。

（だ、誰……？）

人見知りゆえに見知らぬ相手に接近されて大いにびくつくラスだが、ギョッとしたのは青年も同じなようだった。

「黒髪に紫眼……お前、モイライの魔女か⁉」

「え、あ、っ、えっと」

ぐっと眉間にシワを寄せて険しくなった青年の顔に、「ハイ」とも「そうです」とも答えられずまごついていると、青年は突如顔を歪めてラスの腕を掴む手に力を込めた。

「穢れた邪悪な妖婦がなぜ王都にいる！」

「痛っ！　は、離して……」

「常人の真似はやめろ。なんの企みがあって私の前に現れた」

やめてくれるよう訴えようとしたが、話を聞いてもらえる気配がない。おまけに、薔薇の化け物がまだすぐそばにいるのだ。瓦礫や引っこ抜かれた木々がどんどん飛んでくる。

早くここから逃げなければ、この人こそが危ない。そう思うのに声が出ない。

圧迫された箇所がミシミシと軋み、ラスがいよいよ痛みにぎゅっと目を閉じた時だ。

「ガイウス、何をしているんだ？　痛がっているだろう」

唐突に、誰かの声が栗毛の青年と自分との間に割って入った。

「みだりに民を傷つけるんじゃない。第一、状況も状況なのに。わかるね？」

次いで、誰かがスッとメガネの青年——ガイウスと呼ばれていた——の手に己のそれを添え、ラスの腕から外してくれる。

解放されたばかりの腕はまだ痺れが残っていたが、ラスはそれよりも助けてくれた人の手に目が釘付けになった。

(指が長くて、きれいな手。……いや、じゃなくて！)

ちょっとした仕草だったのに洗練されていて、そんな場合じゃないのについ見入ってしまった。

「俺の部下がごめんね」

謝罪の声も穏やかで耳に心地いい。またぼうっと聞き惚れそうになって、ラスはブンブンと首を振る。

慌てて雑念を払って、助けてくれたその人にペコリと頭を下げる。背の高さから見ても、男で間違いがなさそうだ。色の濃い外套を頭からかぶっていて顔は見えない。

「殿下！　こちらにきてはいけません。この女は……」

「それよりもこの薔薇の怪物に集中しようか。彼女以外の避難は完了しているんだろう？」

「……はっ。火矢を射かけますか？」

「そうするのが手っ取り早いけど、こんな建物の迫った市街地の真ん中ではね。巻き込み被害が大きすぎる」

「……同意いたします」

「君のことだ。魔導学院の応援部隊を控えさせてあるんだろう。到着を待つ。どのみち武器だけじゃ押さえこむのは難しい。目下、兵への損害軽減を最優先に。可能な範囲で、これ以上市街地の方に出ないよう、距離をとって威圧しつつ時間稼ぎを」

「御意に」

噛み付くように声を荒らげていたはずのガイウスを片手で制し、外套の青年は薔薇の化け物を長い指で示した。なめらかな指示に、ラスは目をみはる。どうやら、この場を仕切っているのは彼らしい。

（あら？　でも、ここにいるのは王立騎士団の人たちで……？）

ラスがふと何かに思い至るのと同時に、薔薇の化け物のほうも、外套の青年こそが邪魔な集団の統率者だと気づいたようだ。

ある程度の自我はあるのかもしれない。シュッと鋭く空を裂いて、大人の腕ほどもある太い棘がびっしりとついた蔓を振り上げると、ガイウスと青年の方に打ち下ろしてきた。

「危ない!!」

考える暇もなかった。

反射的にラスは彼らの前に飛び出すと、両手を組んで、人差し指と親指で三角を作る。

魔女が魔法を行使する際には、一定の動作を前置く通例である。杖や護符などの道具を使うものもいるが、こうして万物を構成する三要素を指の形で示すのが、ラスお決まりのやり方だ。

三角を薔薇の中心部に突き付け、魔力を放つ。

（無害化魔法！）

手のひらが熱を持ち、指先がカッと輝いたかと思うと、薔薇の化け物がぴたりと動きを止める。――そして。

ぽん、と何かが弾けるような軽快な音を立て、先ほどまで化け物がいたはずの場所には、恋人同士で贈り合うような紅い薔薇の花束が転がっていた。……丁寧にピンクのリボンまでかけてある。

「え――」

これにはガイウスとかいう男も、外套の青年も、周囲の王立騎士団兵たちまで驚いたようだ。唖然とした様子で、石畳が剝がれて瓦礫の散乱する地面に、ポツンと置かれた薔薇の花束を凝視している。

「今、何が……」

メガネを押し上げてガイウスがつぶやくと同時に、ラスの足からかくんと力が抜けた。

(あ、一気にたくさん魔力使いすぎた……くらっとする)

今更ながら、巨大な化け物と向き合っていた恐怖が遅れてやってくる。普段滅多に使わない魔法ではあるけれど、肝心な時に成功してよかった。

ラスの生まれ持った魔女の力である無害化魔法は、「自分に害を与えるものを、どんな対象でも強制的に無力な別物に変えてしまう」というものだ。

強力な術だが、実は、無害化した後何が出てくるのかは術者である本人にもわからない。おまけに半分しか魔女の血を引かないはずの身が使うには過ぎた威力の魔法であるらしく、ひとたび使うとこうして立ちくらみに襲われるのだった。

よろめいたラスが倒れ込もうとするそばにはガイウスが立っていたが、彼は助けるどころか、汚いものでも見るように顔を顰めて、さっと身を引いてしまった。

(無情!)

いや、よほど重そうに見えたのかもしれないけれど!

あわやそのまま地べたにキス——というすんでのところで、石畳に倒れかけたラスを抱き止めてくれる腕がある。

「大丈夫?」

穏やかな声質は、先ほどガイウスを窘めてくれた青年のものだ。

「あ、ハイ……ありがとうございま……」

よろめきつつも、なんとかその袖に縋って体勢を整えたところで、ラスは、己が掴んでいる白い布地が、ひどく上等なものであることに気づいた。光沢があって、細かな織り出しの地紋がある。……これ、絹では。

「わ」

余計なところに意識がそれたせいか。同時に、バランスを崩して指を引っ掛け、彼の外套のフードを剝がしてしまう。途端にガイウスが「貴様、不敬だぞ！」と怒声を浴びせてきて、びくついたラスは飛び退くように彼から離れる。

「ご、ご、ごめんなさい……！」

ただでさえ初対面の人と接するのが苦手なうえ、あがり症なラスだ。完全に顔に血がのぼってしまって、ますます俯き恐縮した。……だが。

「気にしないで。それより、お礼を言うべきはこちらだ。さっき助けてくれたのは君だね？　珍しい魔法だった……俺には見たことがない種類の」

降ってきた声が変わらず優しいので、ラスはハッと顔を上げる。

——途端に、すぐそばにある青年の顔に、目を見開くはめになる。

「え——」

まず視界に入ったのは、澄んだ淡い青を湛えた双眸だ。

ラスは昔、姉にネオンブルーアパタイトという宝石を見せてもらったことがある。漆黒の暗闇でも失われないほどの強い輝きゆえにその名を持つという青い石は、まるで晴れ渡った夏空を閉じ込めたかの彩りと煌めきで、思わず目を奪われたものだ。ちょうど、その宝石を嵌め込んだような。

そして、月光から紡ぎ出したと言われても納得してしまう、銀糸の髪。名工の手になる彫刻もかくやという、凄絶なまでに整った白皙の面。

（なんてきれいな人……）

すぐそこにいるはずなのに、その人が本当に存在しているのか不安になる。それほど、目の前の顔はずば抜けて麗しい。

年齢は二十歳くらいだろうか。いや、絵にも描けない美青年というのは彼のような人を指すのだろう。これほどのご尊顔なら、生まれたてでも美乳児だったろうし老いたら老いたで美老爺で死後は美骨になるに違いないけれど。そんなことはどうでもよくて、ええと。

（ど、ど、どうしよう）

声も出せずに、ただ圧倒されて口をぱくぱくさせるラスに、青年はほのかに笑いかけた後、ふと何かに気づいたようだ。しげしげとラスの顔を見つめて、一言。

「黒髪と紫の瞳……君、もしかしなくてもモイライ一族の魔女？」

「ハイぃ!?」

こと、とわずかに首を傾げる様までなんとも優美な——などとぼんやり考えていたところで、出自についての図星な質問が飛んできて、ラスは慌てた。完全に呆けていた。

しかし、別に否定するほどのものでもないので、緊張しつつコクンと顎を引く。「やっぱりか」と青年は顔を輝かせた。ちょっとした変化までいちいち眩しい。彼の表情筋には時給が発生してもいいくらいだ。

「ねえ君、ひょっとしてなんだけど——」

「だからさっきからそう申し上げているではありませんか！　ただでさえ不気味な魔女どものうじゃうじゃ居着く研究所に出入りしておいでなのに、その上、おぞましいモイライの魔女などと言葉をお交わしになるべきではありません。こんな女、本来ならば間違ってもあなた様に近づけてはならないモノです。早く離れてください」

青年が続けて何か尋ねようとしてきたところで、刺々しい口調と共に、ガイウスと呼ばれていた方の青年がメガネのブリッジを眉間に押し込みながらずいっと割って入ってくる。

しかし、遮られた方は動じた様子もなく目を細めた。

「不気味な魔女ども、ねえ……。再三言っているけれど。ガイウス、君の認識は随分と時代錯誤だ。俺の部下をそんなふうに蔑むのを許した覚えはないな。もちろんそこの彼女のこともね。現に、彼女は俺たちの命の恩人だけれど、そこのところわかっている？」

「……申し訳ございません、アレン殿下」

口調は穏やかなままだし、口元は笑っているけれど。彼の声は強く、さっきまでの優しい感じが嘘のようにまとう空気は冷ややかだった。

さっきから邪悪な妖婦だおぞましいモイライだと騒ぎ通しのガイウスも、これには気勢を削がれたらしく、ぐっと言葉を飲み込んでいる。

(ん?)

そこで、何か聞き逃してはいけない一言が、ガイウスの台詞に交じっていた気がして。ラスはピシッと固まる。

(今、このかたのお名前、なんて……?)

気のせいだったらいいな、などとラスがあたふたしているうちに、銀髪の青年はガイウスを置いて、ラスに向き直る。

「改めまして、危ないところをご助力ありがとう。俺——じゃなく、私はアレン・アスカロス・レヴェナント。ぜひお礼をさせていただきたいから、お嬢様、お名前を伺っても?」

胸に軽く手を当てる略礼を執り、ニコリと微笑むその顔は、相変わらず名画のように美しかった。

……が、ラスの方は、もう見とれている場合ではなかった。

（ア、アレン王太子殿下……!?）

ざあっと顔から血の気が総員退却していく。

（嘘でしょう、待って。いえ、さぞかし高貴な身分の御方だろうなとは、予想していたけれど……。よりによって、なんで、まさか）

王太子ということは、当然ながらレヴェナント王室に連なるお方で。

そして自分はといえば、モイライの魔女。

まずい。何がまずいって、とにかく非常にまずい。

いつの間にか、被害状況や化け物の無力化を確認したりと、周囲を哨戒していた護衛の騎士たち——よく見たらみんな王宮近衛の徽章をつけているではないか、なぜ気づかなかったのだろう！　——までも、「なんだなんだ」とでも言いたげにこちらに集まってくるのが、余計に焦りを煽ってくる。

大いに狼狽えつつ、とにかくラスはジリジリと彼らから距離をとった。

「な、な……」

「な？」

あわあわと唇を戦慄かせるラスに、アレンが首を傾けて先を促したのを合図に。

ラスは勢いよく頭を下げて一礼する。

「――名乗るほどのものではありませんので失礼します‼」

「え」

我ながらびっくりするくらいの声量が出た。驚きつつ、くるりと踵を返す。そして、そのまま一目散に駆け出したのだった。

「待って、君！」

アレンの呼び止める声が追ってきたが、ラスは振り向きもせず全速力を保った。肩上の小さな使い魔は、目をまん丸にしながら爪でしがみついている。

「はあ、はあ……」

やがて、慣れ親しんだ町はずれの城門まで辿り着いた時、ラスの息はすっかり上がりきっていた。ロロも肩で目を白黒させている。

(もっと普段から運動しておくんだった)

汗を拭いつつ、少し寂れた印象を与える無骨な石造りの門の下をくぐり、跳ね橋を渡る。

途端に門限を知らせる鐘が鳴り、魔石仕掛けで定刻通りに橋の鎖が巻き上がっていくのを見守りつつ、「間に合ってよかった」とラスは胸に詰まった息を長く吐き出した。

そして。

（やっちゃった――……!!）

地べたにしゃがみ込み、頭を抱える。

なんであんなところにいるんだ。そりゃあ悪質な伝説のモイライの魔女が、ごく普通に市街地をうろついているのも問題なのかもしれないけれど。でもまさか、あんな下町にいらっしゃると思わないじゃないか。

（嘘でしょ!?　本物のアレン殿下とか……！）

アレン王子の、あの輝きに目も眩むばかりに美しい顔立ちを思い出すだけで、ラスはドキドキと心臓が騒ぐ。残念ながら方向性は甘いときめきではない。恐怖と戦慄だ。かの人の名前と身分と血筋を思えば、汗の引いた背中に今度は冷や汗が滲んだ。

（メーディア大おばあさまの『溺愛の呪い』！　レヴェナント王室の男性にだけは、私は絶対絶対会っちゃいけなかったのに……！）

しかも、運の悪いことに相手は王太子殿下ときた。時の権力者として輝かしい未来が約束されている、雲上人の天上人のそのまた上の尊きお方である。

（発動条件の『一目見たら』って、ど、どこまでが平気なの!?　顔、一目どころかめっちゃくちゃ至近距離で向かい合って話しちゃったけど、呪い発動した⁉　しちゃった⁉　けど……アレン殿下、私の顔を見ても、特に変わったご様子があるようには見えなかったような……？　でもなんか、あのガイウスっていう怖いお付きの男の人から、すごく庇ってくださったし、名前も訊かれたし……。いえ、それは私が魔法で助けたからかもだし、むしろ義理人情とか行きがかりで……？　ええと。ええと！）

悶々と答えの出ない悩みに沈むラスの頭を、肩から身を乗り出した子猫がてしてしと黒い前脚で叩いた。落ち着けということだろう。

「ロロ……ありがと。そうよね、過ぎてしまったものは仕方ない、かな」

おかげで、情けない表情で途方に暮れていたラスは、ようやく気をとりなおし、すっくと立ち上がった。

ここは、王都への正門ではない。市街地をぐるりと取り囲む城壁に設けられた、樹海との境目といった方がいい小さな通用門だ。夜に門を出るものは滅多にいない。仕事のためや好みで樹海に住む人間というのはごくまれな例外であり、ラスもその一人だった。

大陸には、東西どちらとも内海はあるが外海がなく、代わりに周囲を鬱蒼とした暗黒の樹海に取り巻かれている。大袈裟に樹海と言っても、その内実は、海と称されるほどに、ただただ底知れぬほど深い森だ。

だが古来、植生も生態系も謎に満ちたままの樹海には、一つ確実に恐ろしい種が生息していた。樹海魚と呼ばれる、土中を泳ぎ、なんでも食(く)らう獰猛(どうもう)な巨大生物だ。

樹海は、奥――俗(ぞく)に沖と呼ばれる――に進むほど木々は密になり、危険は増し、薄暗く、謎めいていく。おかげで、魔石採掘(さいくつ)人や樹海魚打ちの冒険(ぼうけん)者以外には、滅多に踏(ふ)み込むものはおらず、代わりに人目を避(さ)けて暮らすにはうってつけの場所となる。

供つきとはいえ、王子様ともあろうかたが、どうして下町なんかにいたのかはわからない。が、さすがに樹海まで分け入って捜(さが)しにはくるまい。アレン相手に、メーディアの呪いが発動していても。しばらく家にひきこもっていたら、きっと諦めてくれるだろう……。

（会ってしまった時間を巻き戻せたらいいのに……。こうなったらメーディア大おばあさまの魔法、時間が経(た)ちすぎて、効き目が弱くなっていることを願おう）

内容や術者の力量によるが、魔法にも効果に期限というものはある。二百年前にかけられたという溺愛の呪いが、いかほど力が持続するものかわからないけれど。きっとそうだ。そういうことにしておこう。

（そうと決まれば帰って寝よう！）

幸いにして、ぼっち生活が長いラスだ。薬草採りをしたり、魔術書を読んで研究をしていれば、彼のほとぼりが冷めるまで待つなんてあっという間だろう。

いささか楽観的な気分を取り戻しつつ、橙色(だいだいいろ)に輝く魔石のランタンをかざしながら、柔(やわ)らかな腐葉土(ふようど)を踏み、慣れ親しんだ暗い森に入る。

(なんだか今日はほんとに疲れちゃった……。帰ったらすぐ、ゆっくりお風呂に入ろう。お湯には香草油を奮発しよう。それで、寝るときにはとっておきの、初摘みラベンダーのオイルをランプに使おう……)

落ち着いてくると、今度はだんだん高揚が胸に湧いてくる。

——お礼を言うべきはこちらだ。さっき助けてくれたのは君だね。

不意に、アレン王子の声が、耳奥に蘇る。

そうだ、王都で今問題になっている原因不明の動植物の凶暴化。形はどうあれ、場を収められたのはラスの力が大きいはず。

(……私の魔法で、人の役に立てた。それは純粋に嬉しい)

誰かを助けられた。誰かの役に立てた。それはなんだかとても、素敵な響きだ。

言葉の余韻に浸り、ラスは緩む頬を押さえた。不気味と言われる笑顔だけど、今は周りに誰もいないから許してもらおう。

そのうち、今晩のドッキリなんて「一瞬焦ったけど、魔法が人の役に立ったし、有名な麗しの王子様に一瞬だけうっかりお目通りできて幸運だった」くらいの思い出になる。

そして明日からは、当たり前の、穏やかで孤独な日常が再開するのだ。

とりあえず、この時のラスはそう信じてやまなかった、——のだが。

「んん……いい朝！」

　樹海では雀は鳴かないので、キイキイと甲高く鳴く得体の知れない樹海生物の声で目覚めることになる。

　しかし、葉陰から届く朝の光のまばゆさはどこも同じだ。白い日差しが降り注ぐ窓辺に置いたベッドの上で、上半身を起こしたラスはうーんと伸びをした。

「おはよロロ」

　隣で丸くなっている黒猫の使い魔はまだ眠いのか、薄目を開けて主人を見た後、さっさと体勢を直して二度寝を決め込んでしまう。

（あらら）

　紫色の目をぱちぱち瞬いた後、キルトの掛け布をとりのけ、ラスはまあいいかとベッドを出ることにした。

（今日は何をしようかな）

　ここは、樹海にあるラスの家だ。

　このあたりには海中遺跡と呼ばれる樹海特有の奇妙な古代文明の名残が点在しており、

ラスは魔力が強い姉たちの手を借りて、その一つの遺構を使い、丸太で組んだ質素な小屋をこしらえていた。

ベッドやテーブルなどの調度品は、基本的には周りに生えていた木からコツコツとラスが手作りしたものだが、「もっと着飾りなさいな。衣装ダンスが小さすぎですのよ」「地下に酒蔵欲しいわね酒蔵」と勝手に姉たちが持ち込んだり増改築した部分もある。

カーテンやテーブルクロスは安物でも、ちゃんと色柄にこだわって揃え、小物類も下町で一つ一つお気にいりを選んだのだ。

薬を作るという商売柄、窓辺や天井からはたくさんのドライフラワーが吊るしてあり、赤や黄色のガラス製の薬瓶や、一族お得意の糸魔術に使う糸車がある。

平家建ての小家の前には、ステンドグラス製のアロマランプや色とりどりの蝋燭が飾られてあるのが目ににぎやかで、密かにラスのご自慢だ。……友達がいないから、姉たちを除いて誰も見に来やしないけれど。

（うーん。しばらく町に行くのは避けないとだから。今日は何をしようかな。本当なら王都の図書院で新しい魔術書を借り足してきたかったけど、あそこは中心地に近いから都合が悪いし……）

顔を洗って、木製の櫛で長い黒髪をくしけずり、街に出かける時よりも質素な深紫の綿のドレスに着替える。仕上げに、いつもの赤い幅広のリボンをカチューシャがわりに頭にくるりと結んだら完成だ。

そんなふうにさっと身支度を整えてから、気つけにミントとローズマリーのお茶でも飲もうかと湯を沸かしつつ、あれこれとラスは思案した。

(薬糸魔術で使うまじない糸とアロマオイルを作り足してもいいし、庭の畑でタイムを収穫して干すのもいい。ちょっとまだ摘むには早いから、そっちは明日以降かな)

口元に手を当てて楽しいひきこもり計画を練っていると、急に周囲の樹海生物たちがギャオギャオと騒ぐ声が大きくなった。

(何だろう?　近くに大きな樹海魚でも出たのかな)

しかし、そこにガヤガヤと大勢の声や足音、馬のいななきや蹄の音が交じるにつれ、ラスは「え」と顔から血の気が引いた。

「人が……たくさん……?」

しかもだんだん近づいてきている。

さらにいうならラスには、その原因に、それはそれは心当たりがあった。

(まさか。ここ、樹海なのに!?)

大変に嫌な予感に突き動かされるように、ラスは木製の扉に駆け寄り、そっと引き開けた。……そう。開けてしまった。

「えええ……!?」

目の前に広がっていた光景に、ラスは思わず口をあんぐり開けるしかなかった。

(何この行列……！)

そこにいたのは、王立騎士団の制服に身を包んだ二十名ほどの兵士たちだ。

いずれも近衛の徽章をつけた彼らは整然と隊列を組み、少しひらけた場所にあるラスの家を囲むようにずらりと並び立っているのだった。もちろん攻撃的な雰囲気はないし、式典用と思しき格好だからおそらく儀仗兵なのだろうが、それにしたって場所がおかしい。

ここは樹海。繰り返しになるが、自分のようなもの好きか、安全度外視の冒険者くらいしか立ち入る人間がいないはずだ。間違っても、きちんと正装した騎士団が、こんな大所帯で来るところではない。

(いきなりドア開けるんじゃなくて、窓のカーテンの隙間からちょっと確かめるだけにしとけばよかった)

今さら後悔しても遅い。

我ながら、昨日から血の気が顔から引き通しだ……などと思いつつ、サーッと青ざめるラスの前には、一台、優美な馬車が停まっている。月毛の馬に引かせ、金の装飾をつけた、まるでおとぎ話に出てくるようなものだ。それこそ王子様が乗っている系の。場違いここに極まれりである。

呆然とするラスの前で、台から降りた馭者がガチャリと馬車の扉を開く。中から現れた人物に周囲が一斉にこうべをたれて礼を示すので、ラスはただただ立ち尽くすしかない。

中から現れたのは、やはりというべきか、圧倒的に美しい銀髪の青年だった。今日は外套もなく、顔もしっかり晒しているので間違いようがない。仕立てのいい白い衣装といい、キラキラした馬車にこれほど似つかわしい人物もいなかろう。

（あ、アレン殿下……!?）

彼はにっこり微笑むと、真っ直ぐラスの方に歩いてきた。

「あ、……」

逃げないと、と思った時にはもう一歩先の距離だ。

彼は背が高く、小柄なラスは見下ろされる格好になる。だが、不意に相手が片膝をついたので、さらに困惑した。

アレンは、それこそ魔法にでもかけられたように動けないラスの手をひょいと持ち上げ、そこに唇を落とすふりをする淑女への礼を執ると、当然のように笑みを深めた。

「昨日はありがとう。モイライのラケシス嬢。貴女を迎えにきたよ」

いや待って。

彼の台詞は、「ありがとう」で終わらなかった。

名前、なんで知っていらっしゃるんですか。それより後、なんて?

「む、迎えに……?」

「そう。命を救われた礼がしたいから、王宮までご同行いただけないかと」

「オウキュウに……ドウコウ……」

なんだそれ。

どうなってるの。

情報量が脳の許容量を超え、くらっと立ちくらみを起こしかけたラスを、「ラケシス嬢⁉」と驚いたアレンが抱き止めてくれた。

「ヒッ」

背中に触れる手のひらの温度に、赤面するより血の気が引く。「ごご無礼を!」と叫んで飛びすさりつつ、予想外に至近距離にあったネオンブルーアパタイトに、また心臓が変な音を立てる。今日のお付きにはガイウスはいないらしい。

おそるおそる、改めてその顔を窺うと、彼には「どうかした?」と首を傾げられた。形のいい唇に淡く刷かれた微笑の奥は読めず、ごく、と喉が鳴る。

(……昨日お話しした時も、私みたいな初対面で平民の魔女相手にも、丁寧な方だったもの。本当にお礼を言いに来られただけかも……と、思いたい……けど……)

でも、いくら命を救われたからって、いきなり叫んで逃げ出すという無礼と奇態を働い

たのに、そんな自分をわざわざ捜すだろうか？

——よもやメーディア大おばあさまの呪い、ゴリッゴリに効いてるんじゃあるまいか。二百年越しでも現役なのでは。

という可能性について、ラスは否が応でも考えざるを得ない。

このタイミングで「そういえば兵隊さんたちに倣って礼を執らなきゃだった」と思い至ったが、これもまた後の祭りである。

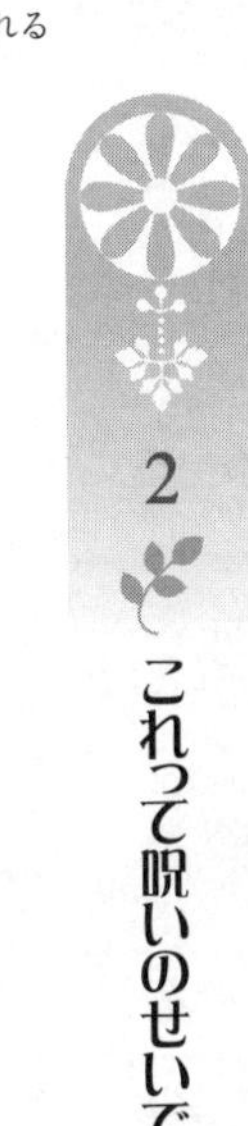

2　これって呪いのせいですか？

さて。

（もし、本当に二百年前の呪いが残っていたなら）

……大変にまずいことになったぞ、と。

やけに豪奢なしつらえの馬車に揺られながら、ラスは顔をナスビ並みに蒼白にさせていた。きっと今なら雪山の凍死体と青み勝負ができる。

それにしてもこの馬車、慣例表現的に「揺られる」といいつつ実際は全然揺れない。車輪の振動が無に近い。そして広い。座面はビロード張りだし、中にテーブルがあってお茶なんか飲めてしまう。隅には侍女も控えているし。王族御用達の馬車様すごい。脳が現実逃避に走る。

（なんでこうなっちゃったの……）

——いや結構です大丈夫ですお断りします気にしてないので、お礼とかいいんで、本当にいいんで！

と、ラスとしては熱心に言い募ったはずなのに。口下手で流され体質で、人付き合いがアナグマ並みに苦手な自分にしては、割と頑張ったはずなのに。

努力虚しく、なぜか今、アレンに勧められるまま馬車に収まっている我が身を顧み、ラスはやや呆然としていた。

——そうおっしゃらず。貴女が大丈夫でも私が大丈夫じゃなくてね。命を救われるという大恩を受けたなら相応に礼をしなければ、レヴェナント王室に連なるものとして面目が立たない。どうか私のためだと思って招待を受けていただけないかな？　そういうわけなので。本当に、そうなので。

一生懸命言葉を選んで絞り出した「ごめんなさいお礼は要りませんお引き取りください」に、アレンは適切に受け答えをして、ついでにわざとなのかはわからないがその選んだ言葉を一つ一つ拾っては、やんわりと、だが実に丁寧に退路をぶち断ってくれた。おかげで現状がある。この馬車、王宮に向かうの？　本当の本当に？　夢だったりしない？

（落ち着くのよ私。本当に、普通にお礼をしてくださるだけっていう可能性も捨てきれないわ。まだ）

名乗ってもいない、顔も見えづらい夜の市街地で出会っただけのラスの名前と住所を一晩で洗ってくることや、「無理を言って申し訳ないけど」などと殊勝な口上を述べながら有無を言わせず連行するようにエスコートするのが、果たして『普通』なのかはさておき、そこは庶民と王侯貴族の認識の差かもしれないし……。

顔色が悪いまま窓の外を眺めるふりをしていたラスは、正面に座るアレンをチラリと見やる。

「ラケシス嬢、どうかした？」

二度目の邂逅でも変わらず麗しいアレンは、碧眼を細めてラスに問いかけた。

「いえ……」

家族や数少ない商売相手以外、ろくに人に接してこなかったので、ただそれだけの質問にもラスはうろたえる。しかし、思えば彼は、自身にろくに向き合いもせず、ひたすら窓を凝視するラスを、ここまでそっとしておいてくれていた。

（さすがにこのままじゃ失礼……よね。かといって、何を話せばいいんだろう。というか私の方から声をかけるのも〝不敬〟なのでは？）

そもそも相手の意図がわからないのに。

（ききき、気まずい）

再び青くなって俯くラスは、アレンがクスッと噴き出した音で、柔らかな空気の揺れを感じ、おずおずと顔を上げてみた。

「どうか緊張しないで、……って言っても難しいか。驚かせてごめん、ラケシス嬢」

「い、いいえ……」

「ところでその黒い子猫は、貴女の使い魔？」

　座り心地のいい椅子にかけたラスの膝には、人間同士のややこしい身分差の機微などお構いなしに、ロロが丸まって寝息を立てている。

「……はい。ロロと申します。言葉は話せないけど、とっても賢いです」

「そんな感じがするね。すごく可愛い」

「お、お、王太子殿下は、ね、猫がお好きなんです……？」

「うん。自由気ままなところが特に」

　どうにか会話の糸口が探せたことに少しホッとする。実は、子猫のなりはロロの真の姿ではないのだが、それはさておき。今は、愛くるしい使い魔に感謝だ。

　そうすると現金なもので、ラスはだんだん確認したいことが出てきた。

「王太子殿下、あの……大丈夫でしょうか。私、こんな普段着でお目にかかるどころか、馬車に同乗させていただく失礼を……」

　家に施錠しただけで、着の身着のままであれよあれよといううちに馬車に乗せられていたから、ラスは今、深紫色の普段使いの質素なワンピース姿のままなのだ。着替えは下着すら持っていない。

（どうやら王宮に向かっているらしいけれど、それは、こんなみっともない格好で参上してもいい場所かしらと……）

　おまけにラスの家は、所在が王都というのもおこがましい辺境なのだ。帰りは乗り合い馬車のお世話になるとして、王宮までなんて日帰りできるものなのか……とか。

「もちろん大丈夫だよ。同乗したのは私のわがままだし、王宮に行っても服装のことは気にする必要は一切ないから、心配しないで」

決死の思いのラスの問いに、王子はにっこり微笑んで返した。

どこがどう「心配しないで」なのかは、一切わからないままだ。そして「するな」と言われてもやはり心配はする。薄々感じていたが、このお方、ひょっとして割と言葉が足りないのでは……。

（……けど）

完璧な美しい微笑みをおそるおそる見やりつつ、ああやっぱり、とラスは思う。

アレンは、昨日「知り合った」なんて言葉を使うのも厚かましいと感じるほどの、別世界に住まう存在だけれど。

（顔立ちももちろん綺麗だけど、……なんて自然に笑うんだろう、このかたは）

――こんなふうに、優しく朗らかに、私も笑えたらいいのにな。

見返す眼差しにかすかに羨望を混ぜたことに、多分彼は気づくことはないのだろう。

生まれて初めて訪れたレヴェナントの王宮は、想像以上に広かった。

城壁で円形に囲まれた王都市街地に、ゆきだるまの頭部と胴体よろしく、もうひと回り小さな円をくっつけるように造営されており、――つまりはちょっとした都市並みの広さがある。

ラスたちの乗った馬車は、鈍色に格子の輝く堅牢な城門を抜け、道幅のある大通りを真っ直ぐに進む。王宮と一口にいっても、王族たちが実際に出入りするのは、最も奥まった場所だという。少しお邪魔するだけのつもりでも、そんな場所ではますます今日中に帰ってこられるものかと、ラスは不安が増した。

やがて到着した王宮主殿は、白亜の城壁が陽光を照り返す佇まいが、息を呑むほど壮麗だ。お椀をかぶせたようなエメラルド色の屋根の建物には、瑠璃と黄金で装飾が施され、周囲に天を貫くような尖塔がいくつも連なる。

（……すっごい）

半分魂を抜かれたようになって目の前の景色を見上げるラスを、アレンは流れるように導いて馬車から降ろした。

とにかく度肝を抜かれてばかりのラスだが、ここにきてさらに驚くことになる。

「ラケシスお嬢様、お待ちしておりました！」

馬車の前には、黒いお仕着せと清潔な白のエプロンを身につけた召し使いたちが、ずらりと整列していたのだ。

彼女らが丁寧な仕草で一斉に自分に向かって頭を下げる様子は、いっそ現実味を欠いてすらいて、ラスはただ呆然とするしかない。そして名前、やっぱりどうして皆さまご存じなんですか……。

おまけに着替えについては「大丈夫だよ」「心配しないで」とは確かに聞かされていたけれど。

（これは聞いてない！）

——お礼と言っても、ちょっとご飯をごちそうになったり、褒美の粗品的な物を手渡されるだけかと思っていたのに。

召し使いたちに囲まれ、アレンから離され、これまた贅を尽くした内装の宮殿内に入り、最初に案内されたのは風呂だった。

風呂、といっても大理石の浴槽だけでラスの自宅の寝室より広い。聞けば王族専用の大浴場だという。「私、王族ではないので……」と謹んで利用を固辞しようとしたら、「わたくしどもが王太子殿下のお叱りを受けます」と周りを囲む召し使いたちに口を揃えられてしまい、結局穏やかに、しかし情け容赦なく私服をひん剝かれた。

そこで、「いいです自分でやります！」という悲鳴を無視されて数名がかりで全身ピカピカに磨き上げられ、なんなら肌や髪に百花混成の香油を擦り込まれたラスは、目を白黒させているうちに、今度は豪奢なドレスを着せつけられていた、という次第だ。

（本当に、どうなってるのー！）

後ろで結ぶサテンのリボンでキュッと腰を絞った薄紅色のドレスは、花びらのように幾重にも重なるスカート部を持ち、裾にかけて月見草を連想させる淡いグラデーションがかかっており、動きに合わせて軽やかに揺れる。

着心地のよさもシルエットの美しさも、なんともお値段を想像したくない逸品だ。仕上げに、念入りにくしけずってコテをあて、脇だけ編み込んだ黒髪に、淡紅の大粒真珠のピンを飾られ、デコルテを強調した首元に同じく真珠のネックレスを絡められると、もう値段の話自体をしたくなくなってきた。怖い。

ついでに、ここまでの流れで十分に「怖い」のだが、「怖い」のはそれだけでは終わらなかった。

帰りがけにちゃんと自分の服を返してもらえるのかどうか――返す目処もたたないのに、

この月見草のドレスを借りたまま家に帰るのは断固拒否したい――確認してははぐらかされ、を繰り返すうちに案内されたのは、なんとも可愛らしい部屋だった。

（――広い！　けどこれ、誰のお部屋？　調度もひとそろいあるし、どう考えてもどなたかの居室に見えるけれど……？　例えば、食事をご馳走になるなら、食堂に案内されるのかとばかり……）

部屋は、ラスが樹海の遺跡に構える一軒家の居間どころか、家そのものと同じくらいの広さがありそうで、奥に白いレースのカーテンのついた天蓋つきベッドが見える。猫足のソファ、雪花石膏のティーテーブルや大きな書き物机などまで揃っており、淡色を基調に整えられた家具類は、おそらく若い女性向けのもの。

（どう考えても食堂じゃないよね……？　ということは、アレン殿下のご姉妹のお部屋なのでは。でも、レヴェナントの王室に、姫君なんていらっしゃったかしら？）

「あの、ここは？」

とりあえず、どなたかの居室に勝手にお邪魔しているのでは申し訳ない、という意図を兼ねた質問だったが、召し使いの筆頭らしき年かさの女性が厳かに告げたのは、全く予想外の内容だった。

「こちら、ラケシスお嬢様のお部屋でございます」

「はい？」

（私の部屋……？）

一拍おいて、言われた内容を脳内反芻し。「いやいやいやいや」とラスは首を振った。

「きゃ、……客間のこと、ですよね？」

食事までの待ち時間を過ごすための場所という意味で「ラスの部屋」扱いしただけで……という憶測を込めて確認するラスに、彼女はわずかに気難しげな細い眉根を寄せると、しゃちこばった仕草で、「いいえ？」と首を振った。

「言葉通りの意味でございます。ラケシスお嬢様の、お部屋です」

「!? そ、それはあり得ません！　だって、私は平民の魔女ですし。王宮に馳せ参じたのは今日が初めてなのに、私の部屋があるわけがないですよね!?」

「ですから、アレン殿下のご指示で、お嬢様のために急遽ご用意したお部屋です。なにぶん昨日今日での急拵えですので、足りないものがございましたら、何なりと申し」

「申し付けませんよ!?」

（ですから、以降の接続がおかしい！）

昨日今日の急拵えでこの完成度の部屋が出てくるのもおかしいし、それがラスのためのものだという流れはもっとおかしい。あと、名前を知られていることのおかしさにかまけてずっと突っこまずにいたけれど、呼称の後ろに『お嬢様』と付けられるのも絶対におかしい！

混乱のあまり、陸揚げされた魚のように口を開け閉めするだけで言葉が出ないラスに向けて、ゆったりと腰を折って礼を執ると。召し使い筆頭の彼女は、後ろに控える他の召し使いたちに、ちらりと視線を向けた。

「ところで、ラケシスお嬢様。不躾ながら私見で選んだドレスをお召しいただきましたが、クローゼットの中にも他の品がございます。わたくしどもはこれにて下がらせていただきますが、お召しかえのご希望がございましたら、専属の侍女が一人おそばに付きますので、遠慮なくご命令ください。ミシェーラ、こちらへ」

「ハイッ」

元気な返事と共に前に進み出てきたのは、くるくると細かく縮れたような藁色の髪を綿のキャップに押し込んだ少女だった。

子鹿を思わせる小柄な細い体を黒のエプロンドレスに包み、そばかすの散った頰の上にある薄茶の瞳を輝かせて、こちらをワクワクした風情で見つめている。ラスよりも少し年上に見えるが、なんだか人懐っこそうな空気がありありと見てとれた。

「今日からお嬢様つきになります、ミシェーラと申します！　どうぞよろしくお願いいたしますね、ラケシスお嬢様！」

「……？　えっと……」

展開が速すぎて頭がついていかないが、ミシェーラなる召し使いの少女の台詞で、聞き流せない言い回しが一つ。

「あの、ミシェーラ、さん」

「ハイ！　どうぞ呼び捨てで結構です！」

「……善処します。ええと、私もお嬢様なんてつけて呼んでいただくほどの立場ではないので、できたら同じく呼び捨てか、それがダメならせめて〝さん〟付けとか……」

「ラケシスお嬢様はラケシスお嬢様ですね!!」

「………はい」

押しが強い。

ほとんど人と接してこなかったひきこもり魔女に、初対面の同年代を呼び捨てではなかなか難題である。それはさておき本題だ。

「……今日から、……ってどういうことでしょうか？」

「？　ハイッ、今日からは今日からですっ！」

元気いっぱいの返事をうけ、ラスはくらりと眩暈（めまい）がした。

（だから、その今日〝から〟って始点表現はなんなの!?　終点も今日でいいの……!?）

訳がわからない。が、わからないなりに、とんでもないことになっていることだけはラスにも理解できる。

「ラケシスお嬢様は、アレン殿下の大切なお方とお聞きしてます。精一杯（せいいっぱい）お仕えさせていただきますので、どうぞよろしくお願いいたしますね！」

おまけに、ミシェーラはキラキラ輝く瞳で、なんとも不穏な言い回しをする。それは『大切なお客人』の言い間違いという解釈でよろしいか。

（……）

どうやら、うっかり流されるまま馬車に乗せられてしまったところから間違っていたらしい。

王宮に招待された時点で固くお断りすればよかったのだ。後悔とは、あくまで後から悔いるから後悔なのである。

お礼の一環として食事をご馳走になるのも、いちおう間違いではないらしく。

少しだけ部屋で休憩を挟んだあと、連れ出されたのは王族用の食堂だった。もちろん、月見草のドレスもそのままである。

光属性の魔石で明るく輝くシャンデリアの吊るされた室内は、昼間のように明るい。が、森で馬車に乗せられたのは朝だったはずなのに、いつの間にか窓の外には三日月がかかり、暮れなずむ赤紫色の空からこうこうと白い姿をさらしている。

現在ラスは、純白のクロスがかけられた四角いテーブルを挟んで、アレンと二人きりで向き合っている。

驚くほど広いテーブルの上には白磁の食器が用意され、葡萄やリンゴの入った果物かごや、炎の揺らめく燭台が並ぶ。正面に座る人の美しさも相まって、まるでおとぎ話の光景だ。

（まさか……この国で一番と言っていいくらい高貴な身分の方と、食事をご一緒する日が来るなんて……）

一昨日までの自分なら考えつきもしなかっただろう。緊張のあまり、きっと何を食べても味なんてわからなくなりそうだ。

（今だけ、今だけやり過ごしたら……！　うっ、吐きそう。まだ何も食べてないのに）

なんだか、正面に座る方の顔を見るのも不遜な気がして。青くなって俯くラスに、苦笑まじりにアレンが声をかけてくれる。

「そんなに緊張しなくて大丈夫だから」

「……は、はい。王太子殿下」

（いえ、けどやっぱり緊張はします！）

ぐるぐると目を回しそうになっていると、アレンは少し思案した後、「そういえば」と口を開いた。

「貴女のこと、なんて呼べばいいかな？　このままラケシス嬢、と呼んでも差し支えない？」

「あ、はい、な、なんとでもお呼びください！」

「じゃ、私のこともアレンと。王太子殿下、だと他人行儀で少し寂しいから」

「え……は、はい。アレン殿下」

「殿下、はいらないよ？」

「…………あ、アレン……さま……」

単なる呼び方一つとっても、妙に距離を詰められている気がして落ち着かない。

押しが強いのは、この王宮にいる人の共通点なのだろうか。むしろミシェーラは雇用主に似たのかも。「それでいいや、妥協しよう」とクスッと笑うアレンに、ラスは目を白黒させた。

「それじゃ、ラケシス嬢。貴女の方からも、私に何か聞いておきたいことはある？」

こういう時の作法もわからずひたすら混乱してばかりだったラスだが、食前にと冷たい飲み物が運ばれてくる段になって、いよいよ腹を括った。

「あの、殿下」

「アレンで」

「……アレンさま。勝手ながら御身にご質問を許されますでしょうか……」

「もちろん、なんでも話して。かたくるしい挨拶も気にしなくていいよ」

「……はい」

ごく、と唾を飲み、ラスは広いテーブルの向こうにチラリと視線をやる。

「王宮にご招待いただき、こうして色々ともったいないお心遣いをいただけること、光栄でとてもありがたいです。が、ちょっと私には身に余ると、いうか……」

いったん言葉を切り、ラスは膝の上で小さく拳を握る。

「……このお食事が終わりましたら、私は樹海の自宅に戻らせていただくということでよろしいでしょうか？」

「どうして？」

「え、どうしてって」

逆に問い返されて、ラスは面食らった。

（どうしても何も、私が王宮にいるのはおかしいからですけど……！）

反論しようにも言葉の選び方がわからず、忙しなく視線をうろつかせるラスに苦笑し、アレンは細工ガラスのゴブレットをくるりと手中で回した。

「もう月が出ている時間だよ。貴女の家まで結構な距離がある。貴女の魔法がとても強いのは知っているし、実際に私も助けられたけど。恩人をみすみす危ない目に遭わせる訳にはいかないな」

「えっと……それじゃあ、明日とか……」

控えめに直近の帰宅予定を詰めようとすると、アレンは青い目をこちらに据えて首を傾げた。

「ひょっとして、昨晩ガイウスがよくない態度をとったから、君はそれを気にしている？」

「はい？」

少し心配そうに尋ねられた言葉があまりに予想外だったので、ラスは思わず目をぱちくりさせた。

（ガイウス、さんって……あ、昨日のメガネのお付きの方！）

——穢れた邪悪な妖婦がなぜ王都にいる！

その栗色の髪と、蛇を想起させる伶俐な顔立ちを思い出すと同時に、忘れていたはずの吐きかけられた言葉まで思い出してしまい、ラスはつい肩に力が入る。

「え、いえ」

確かに、あまり気分のいいことではない。いささか顔色が悪くなったラスに表情を改めると、「申し訳なかった」とアレンは謝罪した。

「彼——ガイウス・グリムは、俺……ではなくて、私の母方の従兄で、側近の一人なんだ。優秀ではあるんだけど、ちょっと考え方が古くて、……。特に、昔から魔女についてかなり強めの偏見を持っている。おりにつけ改めるよう窘めても、どうにも平行線で。部下を御し切れていなかったのは私の落ち度だ。不快な思いをさせてしまったね」

「い、いいえ！　そこまでは……！」

——確かに怖かったし、その言い草に傷つかなかったといえば嘘になるけれど。

（王太子殿下にわざわざ頭を下げさせるほどじゃないです！）

今日一日が目まぐるしすぎて、すっかり忘れていたほどだと素直にラスが白状すると、アレンは「そう？」と口元を緩めた。

「そう言ってくれて気持ちが軽くなったよ。それで、もし君さえよかったら、……しばらく王宮に滞在してもらえないかと思っているんだ。もちろんガイウスには近寄らせないよう、細心の注意を払うから」

「え、えっと」

「希望があったら侍女になんでも申し付けて。大体のことは叶えられるように手配しよう」

流れるように畳み掛けられて、ラスは「あれ？」と慌てた。

（いつの間にか、お城に滞在する流れに自然に誘導されているような……？）

「王都のはずれに腕のいい薬糸魔術使いの魔女がいるっていう話は、前から聞いていて、一度会ってみたかったんだ。あの薔薇の怪物は想定外だったけど、自分で視察に行った理由の一つはそれだったんだよ」

「ええ⁉」

どうしてあんな下町に王子様が来ていたのだろうと、疑問に思っていたが。まさか、自分が原因の一端だったとは思いもよらなかった。

「昨日は空手で帰ったから、ここで断られると、私も襲われ損になってしまう」

「……！」

ニコニコしながらそんなことを続けられてしまえば、もうラスに言えることは何もなくなってしまう。

やがて、美しく盛り付けられた前菜の皿が目の前に運ばれてくる。冷めないうちにとアレンに促されて食事に手をつける間、ラスは「え？　あれ？　こんなはずでは……」をひたすら脳内で繰り返していた。

ことここに至って、半泣きになりながらラスは思う。

アレンは立ち居振る舞いに隙もなく、とても理性的に見える。きちんと話も通じるだけに、まだ確証は持てないけれど。

（このかた……やっぱり、呪いにかかっちゃってませんか……⁉）

3 近づく距離と戸惑いと

——そうして、ラスが王宮に上がってから、あっという間に三日が経過した。

(なんで⁉)

いくらなんでも「あっという間」がすぎる。

与えられた豪勢な自室で、想像したこともないほど広いふかふかのベッドで目を覚ました後、絹の寝巻きのまま金色の鏡台の前に腰掛け、今日もミシェーラの手で「今日は何をお召しになりますか?」とワクワクした風情で髪をとかされながら。

(いやほんと、なんで?)

ここに来てからというもの、ラスは無数に自問を繰り返したものだ。

(この待遇は身に余るから、せめてもうちょっと粗略な感じの滞在にさせてほしいって言ったのに……)

あれよあれよといううちに口車に乗せられ、いまだに十分に納得できないまま。毎日綺麗なドレスを着せてもらい、ミシェーラや他の召し使いたちの手を借りてはいい香りのするお湯に浸かり、王宮の庭園を散策したり、図書室を見学させてもらったり……。

（おかしい、絶対おかしい……私、一体どういう扱いで、ここにいさせていただけているんだろう……）

考えるたびに、垂直に折れるほど首を傾げてしまうラスだ。

確かにアレンを一度助けはしたけれど、断じてここまでされるほどではない。そして、薬糸魔術について聞きたいなら、相応の立場の者として招聘されるべきだと思うのだが。ラスの扱いは明らかに賓客のそれだ。

おまけに、さすがに忙しいようで回数こそ多くなかったものの、アレンは毎日時間を見つけては必ずラスのもとを訪れた。

一緒に食事を摂ったり、お茶をしたり、部屋で軽く談笑していったり——そう、アレンはよく笑う人だ。そして、とても「聞き上手」な人だった。縁もゆかりもないラスの話を聞きたがるだけでなく、魔術談義になるとことさら興味深そうになり、内容について深く突っ込んだ質問をしてもくる。

彼の話術は巧みで、他人と話し慣れないラスも不思議と不快感を覚えることがない。もっとも「談笑」といっても、笑うのが大の苦手なラスの方は、状況の不自然さもあって、いつもの無表情を崩すことができなかったが。

（どう考えても、これって私がモイライの魔女だからでは……）

思い当たる節があるとすればそれしかない。

というか、そうでなければこの厚遇の説明がつかない。

（目に見えて変化があるようには感じられなかったけど、やっぱりあの晩、溺愛の呪いが発動してしまったんだ。それで、ご自分でもよくわからないまま、無意識のうちに私のことをそばに引き留めようとしているのよね……？）

その結論は、ストンと腑に落ちた。

同時に感じるのは、ひたすらにアレンへの申し訳なさだ。

（きっと不本意なはずだわ。……本来の意志と関係なく、想いを操られているってことだもの）

その昔、血筋ごと呪われてしまったがために、縁やゆかりはおろか興味すらない魔女などに親切にせざるをえないなら、彼にとっては不幸な事故に他ならない。

（魔術魔法の原則としては、呪いの類をとくために一番効果的な方法は、元凶になっているものから遠ざけること）

今、アレンは何かと理由をつけてラスの顔を見に日参している状態だ。——それは非常によろしくないのではないだろうか？

（あなたには呪いがかかっているので私には会わない方がいいです！　って本人にお伝えするのが一番手っ取り早いけど、どうしよう）

しかし、さすがに勇気が出ない。

彼自身の意志でないにせよ「あなたは魔法のせいで、私を溺愛してらっしゃるんですよね？　おかしいでしょう？」と直接問いかけるなんて。

（四苦八苦して理由を他に見つくろっても言いくるめられるし、時間が合わないふりをしても予定を合わせてくださるし。……むしろ余計なご負担を増やしているような）

　この三日間の状況を顧み、うーん、とラスは考え込んだ。

　お茶や食事の誘いも、どうにか毎回断ろうとしてはいるのだが。

　なにせ、片や無自覚に人を惹きつけては懐に入り込む天性の才覚を持つアレン、片や樹海の自宅に一人でひきこもってろくすっぽ人と接してこなかった陰鬱ひきこもり魔女のラス。社交力に雲泥の差がある。

　真正面からお断りし続けるのは難しい気がした。というか、現にできていない。

（そして、結局お誘いを断り切れずにお会いするたびに、どんどん呪いは悪化していく、と……まずいわ。とってもまずい。どうしよう）

　改めてラスは青ざめた。

　主人の顔色が悪くなったのを的確に察したらしく、さっきまで窓の外をひらひら舞うアゲハ蝶を目で追っていたロロが、こちらを心配そうに見上げている。苦笑してその黒い頭を撫でつつ、ラスはひっそりと決意した。

（こうなったら最終手段しかない）

正面から交渉は無理だ。とすれば、残る方法など限られている。お世話になっている手前、あまりに失礼なので、なかなか決心がつかなかったけれど……。

「あの、ミシェーラさん……じゃなくて、えっと、ミシェー……ラ。一つお願いがあるんです」

三日経っても呼び捨てには慣れず、逆に自分への「お嬢様」呼びも落ち着かない。

「はい、なんでしょうラケシスお嬢様？」

鼻歌混じりで「ツヤツヤの長い黒髪って、触るの超楽しいんですよねっ」などと言いながらラスの髪を編んでくれていたミシェーラが、ラスの呼びかけに手を止めた。

鏡越しにその明るい榛色の瞳を見つめつつ、ラスはおっかなびっくり、思いつきを口にする。

「えっと……よければ、私がここに来た時に着ていた衣装、ちょっとだけ返してほしいんです」

「え？」

「今日は、お庭の散歩を少しだけ長くしたくて、……そのためには軽くて動きやすい、慣れた服装がいいなと……」

「？　それでしたら、特別動きやすいドレスを選ばせていただきますよ？」

「えーっと！　地面にかがんで薬草を見たりもするので……！　汚すのが気になって、思うように動けないんです！　ごめんなさい、す、すぐ済みますから……！」

　必死になって頼み込むと、最初は「そんなぁ……。今日は何をお召しいただこうかって楽しみにしてたのにぃ」としぶっていたミシェーラも、どうにか折れてくれた。

「けど、お散歩が終わったらお召し替えお願いしますね！　ラケシスお嬢様の髪と瞳によく合う、すみれ色の絹地に黒いレースを重ねたドレスがあるんです。あと、それに合うホワイトオパールの首飾りと、髪留めには銀細工のお花にルビーとメレダイヤをあしらったピンをつけさせてください。目をつけてたので！」

「…………はい……」

「約束ですよ！」

　しかし、最後にしっかり釘を刺されてしまい、ラスは視線を泳がせながら頷いたのだった。はたから見れば、どちらに主導権があるかわかったものではない。

　王宮で与えられた美しいドレスではなく、久しぶりに身につけた自前の私服は、やっぱりすんなりと身に馴染んだ。

　一点物であろう艶々と輝く絹ではなく、粗く作られた量産品の綿の肌触りに、ひどく安心する。飾りといえば襟元をとめる革紐くらいで、裁断も縫製もざっくりな深紫色の膝丈のワンピースを着たラスは、「それでは散歩に行ってきますので、ゆっくりしていてくださいね」とミシェーラに手を合わせた。

「ええ!?　お一人で、ですか!?　絶対お邪魔しないように気を付けますから、付き添いさせてくださいって！」

ミシェーラは眉尻を下げてそう何度も申し出てくれたが、「じ、時間を気にしたくないので……？」とどうにかお願いした。

「しょうがないですね。朝食までには戻ってくださいよう！」

唇を尖らせて念を押しつつ退出していったミシェーラにあいまいに頷いた後、やっと部屋に一人になったラスは、備え付けの高級料紙を手にとる。「ちょっとした書き物用に」と、机の抽斗に用意された極薄のそれは、どう考えても「ちょっとした」用途で使っていい代物ではなく。本音を言えば気が引けたが、この際背に腹は代えられない。

『拝啓アレン殿下、諸々の身に余るお気遣いをいただき、誠にありがとうございました、ご挨拶もできず退出するご無礼をお許しください……』

うんうん唸りつつ、そのような内容の文面を羽根ペンでどうにか書き付けると、今度はミシェーラたち召し使い宛ての手紙として、お世話になったお礼や、朝食が食べられないお詫びなどを連ねた一通をしたためる。

どちらをも目立つようにテーブルの中央に置き、ラスはそっと部屋を出た。

（これでよし）

――王宮を出る。

それも、アレンには何も言わずにそっと。

色々考えた結果、「一番丸く収まるのでは」とラスが下した判断がそれだった。

（最初に晩餐をご一緒した時もだし、その後もだし……。きっと、あらかじめ『出ていかせて』って断れば、なんだかんだと逃げ道の前に回り込まれちゃう気がする！　こんなこと、失礼だし、大変申し訳ないけど、……先に帰らせていただいて、事後承諾してもらう方が確実……かな、と……）

強行突破に出ることにした背景として、実はアレンの側近であるガイウスのことも気にかかっている。

理不尽に嫌われている彼と、うっかり鉢合わせると気分が悪いだとか、そういう感情的な話ではなく。彼がアレンの近しい部下なのだとしたら、ラスが王宮内で受けている分不相応な処遇のことも承知だろう。

話したのは初対面時の一度きりだが、「不敬だぞ」「穢らわしいモイライが殿下に近づくな」という要旨のことをガイウスは苛立たしげに主張していた。

（……それはそうよね）

ガイウスが、アレンのことをたいそう敬愛していそうだ、――とは、なんとなくその言動から予想できることで。

モイライの魔女が王宮内にいるだけでもさぞかし気苦労だろうに。なんとも申し訳ないなと思ったのだ。

(だから、これで正解のはず)

元々、着の身着のまま招かれたので、自分の私物といえば衣装以外にないのが幸いした。みすぼらしい服とはいえ、捨てられていなくて本当によかった……。

(こっそり抜け出すにしても、名目として散歩に行くとは言ったから、ドアから出ても大丈夫よね……？　城門まで、正しく行けるかしら。乗り合い馬車は、……よく考えたら手持ちがないから使えないわ。王都を縦断して自宅まで歩いて帰るのはきっと一日がかりになるけれど、頑張ればどうにか)

手順をあれこれ思案して整えつつ、ラスは足元に従う黒猫に声をかけた。

「行こっか、ロロ」

このところ上等な魚の餌をもらえてご満悦だったロロには申し訳ないが、贅沢暮らしはここまでだ。可愛い使い魔は不思議そうに見上げてきたが、特に反発するでもなく、大人しく肩に飛び乗ってくれた。

果たして、王宮の主殿からは、複雑に折れ曲がる回廊を何度か迷いながら巡ったのち、どうにか出ることが叶った。

問題は、そこから城門までの道筋だ。

「どっちに行くのが正解なのかな……？」

なにせレヴェナントの王宮は非常に広い。全体では、ちょっとした町ほどの大きさがあるはず。ここに来る時、主殿の正面まで馬車で乗り付けたのは記憶に新しい。居室のそばにある中庭や図書室くらいまでならこの三日間で覚えられたが、その先は未知の領域だ。

主殿からはいくつもの副殿が続いており、さらには召し使いの生活する棟や兵舎、各種の研究設備に、小規模な果樹園や菜園まで備わっていると聞く。

ラスが入ったことがあるのはごく一部、それもここに来た時の一瞬だけ。建物の中に迷い込むと出られる気がしなかったので、ラスは努めて屋外を選ぶように心がけた。

（たしか、王立魔術研究所も、王宮の敷地内にあるんだっけ……？）

ふと頭の片隅で考えかけ、「いけないいけないいけない」と首を振る。今はとにかく、外に出るのが先決だ。

丸や円錐に刈り込まれた庭園のトピアリーを眺めつつ石畳の小道を急ぎ、紅白の花をつける薔薇のアーチをくぐり、鴨のつがいが気持ちよさそうに浮かぶ人工湖の傍を歩く。迷路のような常緑樹の通路を抜け、大小の噴水を通り過ぎ。

なんの施設かわからないけれど、いくつかの建物の横を通って——部屋を出たのは朝早くだが、そろそろ太陽も中天に差し掛かり、歩き疲れて足が棒になった頃。

「！　ここって……！」

白大理石の太い柱に支えられた巨大な建物に通り掛かり、ラスは目を見張った。

「王立魔術研究所……！」

掲げられた看板には、金字でたしかにそう綴られている。

（わあ、初めて見た。これが憧れの……！）

まさか人生で、この場所を訪れることができるなんて。じーんと胸を打つ感動に、ラスは研究所の入り口を見上げたまま、しばし足を止めた。

視線を巡らせると、城門はすぐそばに迫っている。

今のラスは王子に与えられたドレスではなく、自宅から着てきた深紫の普段着姿。この格好をしていたら、城門近くの下働きや日用品を卸す商人にしか見えないだろうから、通用門からであれば、さして怪しまれもせずに出ることができるだろう。

（本当なら、すぐにでも出ていかないといけないんだけど……）

ちらりと視線を戻した王立魔術研究所の門扉は大きく開かれ、前庭から玄関口まで続く、広々とした通路が窺い見える。

（私、ここに来て、アレンさまからお聞きして初めて知ったけど……実は王立魔術研究所って、そんなに長い歴史を誇る施設ではないらしいのよね。市井では有名だから、もっと古いのかと思ってたけど……）

なんでも創立自体は先王の代だそうで、規模が大きくなって王宮内に場所が移されたのは現王ゼラム政権になってから。さらに研究内容が躍進して有名になったのはアレンが関わるようになったため、とか。

だが、何千年も前からそこにあったかのように、門のそばに奇岩が配され、玄関前に噴水広場のあるたたずまいは荘厳だ。想像していたより、ずっと。

（ああ。……本当に素敵。研究所には、私も知っている偉大な魔女や魔導士の方々がたくさん在籍している。きっと今この瞬間も、働いているんだわ。……いいなあ、ここで、私もいつか、お仕事をしてみたかったなあ。雑用でも、なんでも構わないから……）

海中遺跡を模しているのか、巨大な柱を並べたどこか古風な白亜のたたずまいは、王宮の他の建物とは異なり、一風変わった印象を与える。それは明るい陽光をうけ、まるで燦然と輝いているようにラスの目には映った。

緑の生い茂る楓の並木が飾る道を、奥に窺える石階段の上にある飴色の大扉を。羨望と憧憬とを眼差しに込め、ラスは思わず凝視した。

——と。


「ラケシス嬢……？」


完全に気を抜いていたところで、後ろから聞き覚えのある声で名を呼ばれ、ラスは思わず背筋をびくつかせた。

「はい⁉」

「ああ、やっぱり。よかった、見つかって」

慌てて振り向くと、——目の前にいるのは、やはりというかアレンだ。すぐそばに護衛の騎士たちと、他にも部下と思しき数名を引き連れている。

唖然とするラスに、アレンは肩をすくめてみせた。

「ラケシス嬢が書き置きを残していなくなったと、血相を変えたミシェーラから報告を受けたから、貴女を捜していたんだ。この王宮は広いし、迷子になっていやしないかと」

その言葉に、ラスはざあっと青ざめる。さっそく書き置きは見られていたらしい。

「も、申し訳ございません、アレンさまにとんだお手数を……」

「気にしないで。私もちょうどこちらに用事があったし……むしろ、ここでの生活に何か不満を感じさせてしまったんじゃないかと、そっちの方が気になってね。貴女は急にいなくなるような人には見えないから」

「うっ」

邪気なく輝く笑顔が目に痛い。ついでに罪悪感で心臓も痛い。

「理由、教えてもらっても？」

思わず視線を逸らすが、アレンはきっとそれを聞かない限り解放してはくれないだろう。

「ふ、不満なんてあるわけがないです……！　とてもよくしていただいて、お部屋もお食事もドレスも何もかもむしろ私なんかにはもったいない、申し訳ないくらいで」

「うん」

「だからその……申し訳ないゆえに、……と申しますか……」

意を決して、ラスはきっと顔を上げると、両拳を固めた。

（ええい！　言わなきゃ！）

「私やっぱり、……何もしないで贅沢をさせていただくなんて無理です！」

なんの対価もなく、お姫様にでもなったかのような生活をさせていただいて、あまりにいたたまれなかった——そう声を大にして訴えると、やはりというか、アレンはキョトンとしたように目を瞬いている。

（実は、メーディア大おばあさまの溺愛の呪いを早く薄れさせるために、できるだけアレンさまから遠ざかりたかったのだけど……それはちょっと言いづらい雰囲気！）

ちらっと過った本音を頭から追い払い、ラスはとにかく言葉を連ねた。単なる建て前ではない、こちらも紛れもない本心だからだ。

「い、一着だけでも私にはもったいないドレスを、毎日取っ替え引っ替え着せていただいて、美味しいお食事だけでなくおやつまで毎日食べさせていただいて、それに身の回りをお世話してくださるミシェーラたちまで……ぜ、ぜ、絶対おかしいと思うんです。私は、アレンさまからご厚意を受け取るほどのことを、何もしておりません」

つっかえつっかえどうにか述べて、チラリと上目遣いに相手を見やると、アレンは「ふむ」と顎に手をやって頷いた。

「何もしていないわけじゃないよ。貴女は私の命の恩人だし」

「その恩でしたら、もう十分すぎて逆に私の借りになるくらい返していただきましたので！　何より、あの時は勝手に体が動いただけで、別にアレンさまだから助けたわけでも、見返りが欲しかったわけでもありません。だというのに今の私は本当に、タダ飯食らいもいいところで……そんなので贅沢をさせていただくのは、正直心苦しいんです！」

言い切った。こんなに一気にしゃべったのは人生初ではないだろうか。

「そういうわけで、早急にお暇をいただけたら、と……！」

勢いのまま食い気味に願い出ると、アレンはなぜか楽しそうに唇の端を吊り上げた。

「君の気持ちは分かった。……じゃ、仕事があったら問題ないんじゃないかな？」

「え？」


「ラケシス嬢、ここで働かない？」


そう言ってアレンが指差したのは、たった今まで、ラスがもの欲しそうに指を咥えて眺めていた王立魔術研究所だ。

「中の様子に興味深そうにしていたから、ひょっとして、気になっていたんじゃないかと思って。俺はいちおうここの所長だから、君を雇用するのになんの問題もないよ」

（そ、それは存じ上げておりますけど……！）

よくよく見れば、彼の後ろに控えている男女は、格好からしてきっとここの職員たちだ。

金の房飾りの特徴的な黒いローブは国家資格を持つ魔女や魔導士の正装だし、魔石のついた杖を携えている人もいる。おそらく名前を聞けば、ラスが市街の図書院で常時お世話になっている研究書や魔術書の筆者であろうことも察しがつく。

（ここで……働く？　私が？）

「……い、……いいんですか⁉」

この提案に、ラスはしばし呆然とした。

アレンは王立魔術研究所の最高責任者だ、それはもちろん知っている。彼が「働かせてくれる」といえば、真実そうなるのだろう。しかし。

（たしかにここで働けたらとは思っていたけど、でもそんな簡単に⁉）

今までの葛藤が、目まぐるしく脳内をめぐる。……そもそも、どうしてこんなに悩んでいたんだっけ、というほどに。募集要項に毎日のように熱視線を送っていたラスだ。アレンの提案は渡りに船だが、果たしてそんな美味しい話があっていいのだろうか……？

「実は、君の魔法を見せてもらった時に、ゆくゆくは研究所で働いてもらえないかな、とは考えていたんだ。……今、王都が最も悩まされ煩わされているのは、原因不明の動植物の凶暴化病だというのは、先日俺を助けてくれた君なら知っていることと思う。おそらくラケシス嬢の協力があれば、とても強い対抗策が編み出せるんじゃないかと、ね」

ラスの無害化魔法の話をあらかじめ聞かされていたのか、背後にいた魔女や魔導士たちが「ああ、こちらのお嬢さんが例の」「なるほど」と言い交わしている。

彼らのラスに向ける眼差しには、興味はあるが敵意悪意は一切なく。ラスはコクンと唾を飲み込んだ。

「私、本当に……働かせていただいて、いいんですか？」

「君さえよければ」

ラスに向けられた、透き通るような蒼い瞳が、まるで狙いを定めるようにきらりと輝く。

けれどラスには、そんなことまるで気づけなかった。

「――ぜ、ぜひ！」

頬を紅潮させ、思わず飛びつくように頷くと、得たりとアレンは微笑んだ。

――というわけで。

ラスは晴れて、王立魔術研究所の研究職として採用されることとあいなった。

（夢!?　これは夢なの!?）

ちなみに、自宅からの通いではなく、今まで通り王宮暮らしはそのままで、だ。

（あれ？）

なんでそんなことになったんだっけ。

気づけば、あれよあれよというちに、雇用契約に必要な書類が調えられ。職員の制服である黒いローブと金の縁取りがされた黒いドレスを支給され、就職にあたって必要な事前説明を受けてと、次から次に雑事を済ませた後。

「こっちが総務部。業務上何か事務的な疑問点があったらここで確認してね。もちろん直接俺に言ってくれてもいいよ。食堂や購買はこれから案内する。ええと、後は魔術に使う薬草園と、魔獣飼育舎、魔石保管庫……その辺は、君が働く研究棟にあるから、まとめて案内しよう。そうそう、一緒に働く同じ研究職の仲間に紹介するから簡単に挨拶もよろしくね。といっても、畏まらず適当でいいよ。みんな適当な人たちだから」

「あ、は、はいぃ！」

なぜかアレン王子直々に研究所内の案内を受けながら、ラスは目を白黒させたものだ。

（ん？　適当な人たちだから適当でいい……って言った？　今）

ここにいるのは王国でも名うての魔女や魔導士たちなのだが。立て板に水な説明の中に、いささかの雑さを感じて首を傾げつつ、ラスは彼の後について廊下を急いだ。

とはいえ、無理をして小走りになどならずに、ごく自然な調子で歩けているのが、よく考えれば不思議ではある。長身のアレンとは身丈の違いに加えて脚の長さにかなりの差があるので、歩幅にも結構な違いがあるはずなのだが。

（私の速さに合わせて下さっている、ってことよね）

——そんな気遣いを、ごくごく自然にやってのける。アレンというのは、そういう人なのだ。

「みんな注目！」

やがて、壁いっぱいの書籍や、天球儀や薬瓶などが所狭しと置かれた広い部屋――中央研究室に到着したアレンは、パンパンと軽く手を叩く。

彼自らの声掛けに、忙しく研究に没頭していた魔女や魔導士たちが、一斉に顔を上げた。

「今日付けで研究職に採用になったラケシス嬢だよ。みんな、よろしくね」

「……よ、よ、よ、……よろしくお願いします……！」

興味深そうなもの、品定めするようなもの。

こもごもの色を含んで一斉に集まった視線を受け、ラスは緊張で心臓が口から飛び出しそうになるのを抑え、慌ててガバリと頭を下げた。精一杯張り上げた声は、全く大したことを言ってなどいないのに、不自然に裏返ってしまう。

（あ、あ、挨拶って、こんなので合ってた？　だ、大丈夫かな、大丈夫かな……そもそも私なんかが来て本当によかったの⁉）

黒い髪に紫の瞳を見て、モイライだと気づかないわけもないのに、研究者たちは――ごく普通にぱちぱちと盛大な拍手を以て迎えてくれた。囲む人びとが笑顔であることに、ラスは思わず胸が高鳴る。

「ラケシス嬢は、独自の無害化魔法を使うんだ。先日それで俺も命を助けてもらった……のは、みんなも多分覚えてくれていることと思う。それから、彼女は薬糸魔術も嗜んでいるらしい。後はぜひ、本人から聞いてくれ」

どうやら研究所は、アレンにとってかなり気を抜いて過ごせる場所のようで、彼の一人称が王子様然とした「私」から素と思しき「俺」に変わっている。ラスはなんだか新鮮な気持ちでそれを実感した。

そして、アレンからの紹介が終わった後。待ちかねたようにわらわらと自分のもとに人が集まってきて、ラスは慌てた。

「無害化魔法の話は、所長……アレン殿下から聞いているわ。しかも、凶暴化した薔薇を元の形状ではなく、リボンをかけた花束の形に収斂させたとか……。魔力の無効化なら過去にも出現例があるけれど、全く別の形に変換して脅威だけ取り除くなんて、とても珍しいわね！　どんな術式に分解できるのか、興味があるわ」

「あ、ありがとうございます」

「薬糸魔術も得意だってことだけど。それって確か、薬効のあるアロマランプを焚いたり、薬を染み込ませた糸を患部に巻き付けて傷や病を癒す術のことだよな。うちには今の所、糸属性の魔術を使う魔女も魔導士もいないんだ。後で詳しく話を聞かせてくれよ」

「は、はいっ」

「その可愛い猫ちゃんはあなたの使い魔？」

「えっと、はい！　ロロって言います……」

研究者たちは、おおかたがラスよりも一回り以上も年上ばかりだが、みんな目がきらきらしていて、とても若々しい。何より、誰もが楽しそうだ。

「高齢化とまではいかないけどさ、うちじゃ所長……アレン殿下がダントツで歳下なくらいだから、こんな若い子が入ってくれて嬉しいね」

「ほんと。所長は人使い荒いけど、仕事はやりがいあるし待遇もいいよ。一緒に頑張ろう」

赤毛を後ろで引っ詰めてくるりとお団子にした、三十手前くらいの外見の魔女がしみじみと呟き、それに五十すぎの人の好さそうな魔導士の男性が冗談まじりで同意する。少し遠巻きにその様子を眺めつつ、「人使いが荒いはひどいな」と苦笑するアレンに、周りがどっと笑った。

あたたかな空気に、ラスの緊張もじわじわと解けていく。歓迎されているのだ、ということは、肌で感じられた。

――なんだか、やっていけそうな気がする。

「頑張ります！　……改めて、よろしくお願いします！」

面持ちは硬いままでも声にハリが出て、再び勢いよく頭を下げるラスに、周りは改めて

「よろしくね」と頷いてくれた。

朝は王宮主殿で起きて朝食をいただき、午前中の定刻に研究所に行って研究にいそしみ、夕方にまた主殿の自室に戻る。

かくして、ラスのそんな新しい生活が始まった。

王立研究所の高水準な仕事についていけるだろうか、と尻込みしたものの、ラスも伊達に薬糸魔術を使って商売していたわけではない。戸惑ったのは最初だけで、所内の空気が優しく温かいものだったこともあり、気づけば自然と研究に没頭することができていた。

そして、研究所に出入りするようになってから、アレンの人となりについても、今まで以上に少しずつ知ることができるようになってきた。

——アレンは不思議な人だ。その印象自体は変わらない。

けれど、彼が所内の魔女や魔導士たちのために、いかに過ごしやすく、心置きなく研究に集中できる環境を作ることに腐心してきたかは、知ることができた。

「魔女への偏見なんてとっくに市井じゃ滅んで久しいけど、王宮ってちょっと特殊な場所でね。魔女は出ていけ、みたいな考えかたが、まだまだ根強く残ってるのよねえ」

休憩時間にお茶を傾けながら、先輩研究者である赤毛の魔女――ルピナという名らしい――は肩をすくめてみせた。

「みんな魔術の恩恵にはあずかりたいし、もちろん世間的に十分普及しているんだけど。魔石を使うだけで普通の人間である魔導士はともかく、あたしたちは生まれつきの魔女でしょ？　元々体に魔力を宿しているなんて、何か別種の人外生物みたいなもんじゃない。実際それで、前王朝時代はハインリヒ凶王とかに迫害されてきたわけだしさあ。そんなこんなで、不気味だなって差別的な目を向けてくる奴もそれなりにいるわけよ。それなりっても、ごく一部だけどね」

レヴェナント王国中枢部における魔女との付き合い方の歴史は、常に一進半退の繰り返しだ、とルピナは語った。

たとえば、赤ん坊への祝福の魔法という手段で以て、魔女の力のおこぼれをもらう習慣は、メーディアの逸話でも知られるとおりだ。王室や賛同する勢力が率先して魔女の存在を受け入れることで、偏見の強い貴族たちへの啓蒙活動として始まったものらしい。

「それじゃ大おばあさまは、当時の王室の気遣いを台無しにしてしまったんですね……」

先祖のやらかした大ポカの罪の重さを改めて思い知って青ざめるラスに、「馬鹿ね、そんなこと、今となっちゃ言っても仕方のない話じゃないの。それにあんた自身が何かやったわけでもないんだからさ」と笑い飛ばしつつ、ルピナは肩をすくめた。

「っていうか、一進半退だって言ったでしょ。メーディアの一件だけじゃないの。魔女が王国に関わろうとするたび、どういうわけか、何かが起こって不思議と弾かれてきたのよ。で、いったん揺り戻し、ジリジリと前に進む。何百年も、それが続いてきたの」

そういうわけで、魔女が抵抗なく暮らせるのは市井、それも偏見の少ない下町や辺境部のみ。王都中心部では、大々的な魔術研究には民間ですら魔導士のみが受け入れられ、魔女は締め出される。そういう時代が、非常に長かった、と。

「偏見を主導してきた最たるものが、設立百年以上の歴史を持つ、国家魔導学院の存在よ」

「……魔導学院、ですか？」

王都といえど端っこの下町で細々暮らしていたラスには、あまり聞き覚えのない名称だ。

(でも、どこかで聞いたことがあるような。……あっ)

——君のことだ。魔導学院の応援部隊を控えさせてあるんだろう。

ふと思い出したのは、あの日、凶暴化した薔薇の花を無害化する前のやりとりだ。

「そういえば、ガイウス閣下にアレンさまがかけた言葉で、そんな名前がありました」

ぽんと手を打つラスに、ルピナは目を瞠り、「あー……なるほど？」と訳知り顔だ。

「えっと……なるほど、なんですか？」

「そりゃまあ。ガイウス・グリム閣下でしょ。アレン所長の側近で従兄の。あの人、グリム侯爵家の次期当主だもの」

「？」

首を傾げるラスの反応をどうとらえたものか、ルピナは得意げに指を振った。

「国家魔導学院ってのは、魔女に門戸を閉ざした、魔導士だけが入れる国立機関よ。今は王立魔術研究所のほうが断然有名だから、ラスにはぴんとこないかもだけどね。王宮内での魔術研究は、そこがずーっと幅を利かせてたの。そしてその学院を代々牛耳ってきたのが、他でもないグリム侯爵家、ってわけ！」

魔力の扱いは、生来それになじんだ魔女のほうが魔導士よりずっと長けているので、レヴェナントでの魔術研究は長い間未熟なままだった。「いわば素人ばかりの魔導学院が実権を握っている限り、手探りで何もかもしないといけないんだから、カメの歩みもやむなしよね」とルピナは鼻を鳴らしている。

「だから、先王陛下の御代からは、我が国の魔術史としても、もう大躍進なのよ。魔女嫌いの貴族たちの反対を押し切って魔女を雇用する王立の魔術研究所が建ったでしょ。ゼラム陛下の代には王宮内に移転して、さらに魔導学院と並び立つまでに育ったでしょ。そしてアレン殿下が所長になられてから、今度はウチが学院を逆に吸収しようとしているの」

「そ、そうなんですか？」

「だって魔導学院のほうは、もう歴史が古いだけで大した成果も出せてないんだもの。魔女擁護派の貴族たちから、予算の無駄だからとっとと畳んでしまうよう声が出ているらしくてね。学院は、いわば魔女差別の象徴だもん。ま、時代の流れってやつよね」

一連の経過を目の当たりにしてきたように話すところから、見た目は三十手前のルピナはひょっとすると、予想以上に年上なのかもしれない。魔女であることで諸々の不利益を実害としてこうむってきたのなら、王立魔術研究所の発展は、彼女にはきっとさぞかし胸のすく話だったことだろう。一方で、ラスは少し落ち着かない気持ちにもなる。

「それは……素晴らしいことだけれど。なんだか、流れが急過ぎて。下手すると恨みを買いそうな話……でもありますね」

おっかなびっくり感想を述べると、「そりゃねえ」とルピナはあっさり顎を引いた。

「なんだけど、そこんとこ今のアレン所長は平衡感覚っていうの？　巧いのよ。あの方がガイウス閣下を側近の一人に起用しているのは、そういう根強く残る対魔女強硬派を宥め、ゆっくり取り込んでいく意図だもん。ガイウス閣下はガイウス閣下で、そんなアレン所長のことをすごく敬愛しているみたいだけど、それはそれとしてグリム侯爵家一派が掌握してきた魔導学院の既得権益を手放すわけがないから、……あのお二人のやりとりってなんか、ハタから聞いてると蕁麻疹出そうよ」

「じ、じんましん、ですか」

「腹の探り合いと言葉の切り結びぶりがねぇ。黒々してってねえ。さすがガイウス閣下も反魔女貴族の筆頭格だけあって一筋縄ではいってないけど、あたしの見立てじゃアレン所長のほうが一枚上手ね。いわくつきのモイライのあんたを雇用して実績出させようとしてるあたりも、ほんと、どこまで意図的にやってんのか。怖いったら。でも、あの人に魔女自体への悪感情が一切ないのは本当。肌で分かるもん」

「そうなんですね……」

魔術研究所の所長職に就いている時点で、アレンに魔女への偏見がないのは分かっていたけれど。そんなややこしい背景があったのかと、ラスは頷いた。

「ま、ここんとこは例の凶暴化病のせいで、ちょっと風向きも嫌なほうに変わりつつあるんだけどね。それはそうと、……がっかりした、ラス？　自分が雇われたことに、何か裏があるかもしれないってこと」

ふと訝るようにルピナに問われ、ラスは驚いて「え？」と首を振る。

「いいえ、ちっとも……。どうしてですか」

（この国で一番、国政の中枢にいる人が、私達のために心を砕いてくれているんだもの）

そのことを改めて実感して、むしろラスはポカポカと心が温かくなった。

（だったら私も、アレンさまのお役に立てるように全力で応えないと！）

ついでに一人称の件から察しはついていたが、アレンは立場上、他の政務にも気が抜けず忙しいが故に、研究所にいる時には、かなり素を見せるらしい——ということも、徐々にわかってきたところだ。

ラスにとって今までのアレンといえば、まさに完璧で無欠な貴公子そのものだった。どんな時も笑顔を絶やさず、衣装も常にピシッとして、部下への指示も的確。歩く姿にさえ気品と威風を感じさせる。少なくとも、宮廷で見かける彼は常時そんな感じだ。

けれど、研究所でのアレンは、時折ルピナたち研究職に「この決裁急いでって言ったじゃないですか！」と荒めにどやされたり、所長机で仕事をしていると見せかけてこっそり頬杖をついたまま船を漕いでいたり、飼育舎にいる犬型の魔獣を興味本位で撫でようとして噛まれかけたりしている。

そういう場面に出くわすのは決して頻度が高いわけではなかったけれど、「気の抜けた」アレンを見かけるたび、ラスは少しだけ、嬉しくなった。

（お疲れなんだわ、アレンさま。……でも、ここでなら安らげるのかしら）

相変わらず、ネオンブルーアパタイトの瞳は神秘的で。いまいち何を考えているのか読みづらいのも同じだ。

けれど、「このかたは、どういうつもりなんだろう……」と不安になることは以前より減っていた。

さらにラスに関しては、王宮主殿に居候させてもらっている都合上、アレンとは、自室に戻るときに、大体帰りが一緒になる。

もちろん、最初は「ご一緒するなんて恐れ多くて」と遠慮していたが、「新人さんがちゃんと働きやすい環境なのかどうか確認する意味もあるから」とアレンに言いくるめられてしまい、なんとなく習慣が続いている。そういうわけで、一緒にいられる時間が長い分、お互いにだんだん打ち解けていったのも自然な流れだった。

とはいえ口下手で、性根が魔術研究バカなラスは、アレンと話す内容も、大体が仕事のことになる。

「ルピナさんの開発した十一型魔術に、ターレンさんの五型魔術、それと私の無害化魔法と薬糸魔術を掛け合わせた形で、凶暴化した植物を元の形に戻すことができそうで……。空気拡散型の魔術なので、稼働範囲が広くて。動物への効果は未知数で、まだ一度しか実証実験で成功していないんですけど……」

「すごいね、それはかなり画期的だよ。薫香を使えば、魔法も効率的に広がるし、今までみたいに一匹ずつ対処する必要はなくなるということだよね。実用化すれば、かなり兵の負担が減るんじゃないかな」

「……はいっ！」

勤め始めて三週間が経つ頃。

その日もラスは、研究の成果を一生懸命アレンに説明していた。

アレン自身はもちろん魔女どころか魔導士でもないが、所長である以上、ある程度魔術には精通しているのだ。お世辞にも説明が上手とはいえないラスの話す研究内容を、彼はいつも興味深そうに聞いては、質問したり、意見をくれたりする。彼と過ごす休憩や往路帰路の時間が、ラスは好きだった。

ちなみに、今二人で話している所は、王立魔術研究所内の薬草園だ。ベンチに並んで腰掛け、研究所の食堂から支給された、白パンに鶏肉のローストや生野菜を挟んだ昼食をつまみながら、現在住境にある研究の談義をしている。

「それにしても……」

ふと言葉を止め、ラスは躊躇いがちにアレンの顔を窺い見た。

その造作が眩いほど美しいのは初対面時から同じだが、このところ仕事を通してよく話をするだけあり、初めの頃感じていた無駄な緊張は覚えなくなってきたものだ。その分、見えてくることもある。

「あの、もし余計なおせっかいなら申し訳ないのですが……。えっと……アレンさま、かなりお疲れではありませんか？　夜、きちんとおやすみになってます……？」

不安のままに尋ねると、ラスの話を微笑んで聞いていたはずのアレンは、僅かに目を見開いた。

「あ、わかる？」

「僭越ながら。目の下に、くまが」

ちょいちょいと己の下瞼を人差し指で示すラスに、アレンはクスッと軽く噴き出した。

「バレたか。実は昨日と今日、就寝したのが明け方なんだ」

「あの、差し出がましいことを申しますが……睡眠は健康のかなめです。治癒魔術である程度疲労は回復できますが……それも限度があります」

「心配かけてごめんね」

眉尻を下げた後、アレンは少し言いづらそうにこんなことを切り出した。

「このところ、例の動植物の凶暴化の被害が深刻化してきてさ。本来なら民の安全確保にだけ集中したいところなんだけど。面倒な政治的あれやこれの対応に、ちょっとね……」

「……そうだったんですか」

詳細については濁されたが、それはおそらく、例のガイウスが中心になっている魔導学院の派閥との衝突だろう。ラスもルピナはじめ研究所の仲間たちから、自分たちの現状をめぐる苦々しい話を幾度も聞いていた。

——風向きが嫌なほうに変わりつつある。そう、ルピナが話していた件だ。

凶暴化病が起きるようになってからこちら、ガイウスは、己の一族が率いる魔導学院所属の魔導士たちを次々と現場に派遣して対処させ、「国のために汗みずくで働いている我々に比して、魔術研究所のなんと情けないことか」と声高に批判を繰り返しているらしい。今までは研究所にも学院にもつかずに静観していた中立層の貴族を取り込むためだ。

もちろん、魔術研究所とて何もしていないわけではない。けれど、凶暴化病の発症はいつどこで起きるか予測がつかないため、どうしても初動が後手に回ってしまう。その点、奇妙なほどに、魔導学院が出張るのは迅速なのだ。

(ガイウス閣下のことは、アレンさまの前であまり話さない方がいいって皆さん言ってたし、触れずにおくとして……)

悶々とするラスの様子に気付いたのか、アレンは苦笑した。

「ああ、ごめん。愚痴っぽくなってしまって」

「！　いえ」

申し訳なさそうに謝るアレンに、ラスは慌てて首を振る。

(そうだ)

ラスはキュッと膝上で拳を握った。

(眠る時間もないほど忙しくて当たり前だわ……このかたは王太子さま。お仕事は、魔術研究所の運営だけじゃない。その上で、研究所のことをよく思わない貴族の方々から、私たちのこと守って下さってもいるんだもの)

ぐるぐると悩んでいたラスだが、意を決して顔を上げた。

このところ、多忙を極めるアレンのために何ができるか、考え続けていたのである。

「あの、アレンさま……！」

「何？」

「よろしければ、なんですが！　……私の薬糸魔術、少しアレンさまに使ってもかまいませんか？」

アレンから即座に了承を得てラスが取り掛かったのは、香を使った薬糸治療魔術だ。

あらかじめ準備しておいたのは、ラベンダーオイルを使ったアロマキャンドル。とはいえ香はあくまで媒体で、灯心に使う糸にこそ工夫があり、魔力を込めて紡ぎ出してある。

ベンチに腰掛けたままのアレンの前にかざすように、捧げ持ったキャンドルに火種を近づけると、ぽっと橙色の火が点った。

「え、と……それじゃ、楽な姿勢をとっていただいて……香りを吸いながら、目を閉じて。それから、お腹からゆっくり深呼吸して下さいますか」

「うん」

その蒼い瞳が銀色のまつげの下に隠されるのを確認してから、ちゃんとできるかとどきどきしつつ、ラスは定型の呪文を唱える。

『糸よ、糸よ。私に従う運命の糸よ。どうぞこの方の疲れをほぐし、その身を癒し、心を安らがせ、悩みの種を溶かし給え……』

　声に従ってゆらゆらと揺れていた蝋燭の炎が、一筋白い煙を立ち上らせる。ラスも瞼を伏せ、煙が彼の体内を巡り、疲れや病の原因となる淀みを巻き取って、手繰り寄せる様を想像した。

（紡ぎ取れ、奪い去れ、消し飛ばせ。この方に巣くうもの、その身をさいなむものをすべて）

　強く強く念じ、仕上げに、ふっと炎を吹き消せば完了だ。

「……どうでしょう」

　恐る恐るといった風情でアレンに訊けば、彼はゆっくりと瞼をあげ、パチパチと瞬いた後、大きく目を見開いた。

「すごい」

「え？」

「体が軽い！　これが、君の薬糸魔術？」

「は、はいっ。私の一番得意な、疲労や病魔の種を巻き取ってから消し去る回復の魔術で……」

「アロマキャンドルを使うのは珍しいね。火を使うと、魔力は消えてしまうと思ってた」

感心したように炎の消えたキャンドルを見つめるアレンに、ラスは「はい、普通はその通りです」と頷く。

絶対的に、魔女と魔法は炎に弱い。それが世のことわりだ。

炎属性の魔女だけはこの世に一人も存在せず、そして、魔石を使った魔術でもなんでも、炎による浄化で強制的に消えてしまう。魔女を確実に殺すには、火炙りが最善。実際に、前王朝のハインリヒ凶王時代には、数えきれないほど火刑が行われていたらしい。

灯心の糸に魔力を込める薬糸魔術も、本来ならば炎の作用で無効化してしまう。しかし複雑な術式を使い、糸の炭化に伴い魔法が消える直前に香りの方に効果を移し拡散するのが、アロマキャンドルを使ったラスの薬糸魔術である。

「自分で使えはするのですけど、術式の理論分解が難しくて……。汎用化というか、例の凶暴化病案件に対処する兵の皆さんも使えるようにするには、まだまだ研究不足ですし。私じゃ魔力が弱くて、一人一人にしかかけられないんですけど」

優秀な姉たちならば、アロマキャンドルの香りが届く範囲の人々全てを、ささっと癒すことも可能なのだが。このところ久しく会えていない歳の離れた姉二人の美しい顔を思い浮かべながら謙遜するラスに、アレンはかぶりを振った。

「十分だよ。嘘みたいに頭がスッキリした！」

これはすごいと繰り返して、嬉しそうに肩を回したり手を握ったり開いたりしているアレンを見ていると、ラスもまた、だんだん心が高揚してきた。

「私の魔法、……お役に、立てました？」

「役に立つどころか大助かりだよ！」

満面の笑みが眩しくて、ラスは思わず頬に熱が集中した。

（……だってアレンさまがあんまりお綺麗だから！）

ドギマギしつつ彼から視線を逸らし、ラスは躊躇いがちに提案してみる。

「あの、もしよろしければ、……これからも、薬糸魔術でお体を少し楽にしたりする、お手伝いをさせていただけませんか？　それから、サシェ用のポプリや香草茶の調合も、結構得意なので、それも……。お毒味でしたら目の前でいたしますので……」

「本当？　それは楽しみだな。けど、毒味なんていいよ、君が俺に危害を加える可能性なんてないしね。ところで香草茶って、どんな種類があるのかな」

「ええと、はい。頭がスッキリする調合だとミントが欠かせなくて、眠れない時はカミツレにレモンバームを交ぜて……東方由来の枇杷茶もおすすめです。ちょっと好き嫌いが分かれるけど、疲労回復には効果抜群なんです」

「へえ！　枇杷って、確かあのオレンジ色のプルーンみたいな実のなる植物だったかな。王宮の果樹園にも輸入品の木が植わってるよ。そのお茶っていうと、……使うのは葉のほう？　果実？」

「乾燥させた葉を煎じるのが基本ですが、私は花や果皮を交ぜたりもします。果肉や蜜入りのは、飲みやすいです。ほんのり甘くて……」

　ワタワタとお茶の解説をしているラスの話に、しばらく楽しそうに耳を傾けていたアレンだが、「けど、ラケシス嬢がいてくれたら、俺は数日眠らなくても働けそうだな」と不穏なことを言い出すので、ラスは慌ててブンブン首を振った。

「ダメです！　薬糸魔術だけでなく癒しの魔術全般に言えることですが、できるのはあくまで本来の治癒力の強化ですから！　そもそもの体力が底を突いたら、術なんて効きません。魚の死体に魔法をかけても、ちょっと新鮮な死体になるだけ、みたいなもので」

「なるほど、魚の死体」

　アレンが真顔で繰り返すので、ラスははっと我に返った。

「え……あ、すすす、すみませんっ！　私ったらとんだ失礼なたとえ……！」

　真っ赤になって訂正するラスに、「あはは！」とアレンは声を上げて笑った。

「ううん、わかりやすかった。うん、俺も新鮮な死体にはなりたくないかな。ちゃんと寝るようにするよ。けど、……新鮮な魚の死体って。そのたとえ方こそ新鮮だな、と」

　口元に手を添え、肩を震わせて、彼があんまり楽しそうに笑うもので。ラスもだんだん、ゆるゆると頬が緩んできた。

ついつい、ラスまでつられて思わず軽く笑ってしまったのは、全くの無意識だ。
けれど。

「あ」

その顔を見て、アレンがポカンとしているものだから。ラスは慌てて表情を引き締めた。

「し、失礼しました……！」

「え？　いいや、失礼じゃないよ、失礼どころか——君の笑った顔、初めて見た。すごくいい！」

「えええっ！」

あまつさえよかったらもう一度笑って、と身を乗り出してくるアレンに、「だ、だめです！」とラスはいよいよ頭のてっぺんまでりんごのような赤さに染まった。

(どうしよう、どうしよう。お見苦しいものを見せてしまった！)

彼は優しい方だから、「すごくいい」なんて心にもないことを言ってくれたのだろうけれど。そんなわけがないのに。

もう頭の中がしっちゃかめっちゃかで、ラスは両手をいっぱいに広げて、首をいっぱいに捻って顔を隠そうとする。目が潤んでまともに彼の顔を見られない。

「わ、わ、私、……すごく、笑うのが下手くそで！　自然に見えるように頑張っても、あ

まりにひどいから、……街の子ども達からも、『呪われた邪悪な笑み』とか『見ると不幸に見舞われる』とかって、怖がられたり馬鹿にされてて、……だから」

「……そうなの？」

必死に言い募っていると、アレンが静かな声で確認してくるので、ラスは俯いて頷いた。

（……がっかりさせちゃった……？）

せっかく笑顔を褒めてくれたのに。

でも、同じように「笑え」と言われても、きっといつもの「にちゃ」とか「デュヘ」の顔になってしまうに決まっている。それは嫌だし、やりたくない。……どうしよう。

「申し訳ございません……」

なんだか泣きたくなってきた。必死に謝りつつ途方に暮れたラスの肩に、そっとアレンの手が添えられた。

顔を上げると、そこにはやはり、アレンの綺麗な笑顔があるのだ。

けれど、その表情は少しいつもと違う。少しだけ鼻の頭に皺を寄せた、あどけない、少年みたいな笑み。優雅で完璧な王子様ではなく、なんだか悪戯に成功した子どものような、無邪気なものだったから。

「じゃあ俺は幸運な男だな。さっき見られた君の笑顔は、すごく特別なものだったんだね」

今日はいいことありそうだ、次があるように祈っとこう。

――そんなふうにカラッと告げて白い歯を見せるアレンに、ラスはだんだん心が軽く、明るくなっていくのを感じていた。

「……はいっ！」

（私が笑ったから、今日はいいことありそう、だなんて。そんなの初めて言われた！　不吉だとか、気味が悪いとか、そういう言葉なら、たくさんかけられてきたけど……）

嬉しい。

目尻に浮いた涙の粒をそっと指先で拭ったが、アレンは見ないフリをしてくれた。

そして、彼と話しているうちにどきどきと高鳴る鼓動の速さが、とっくに緊張や恐怖によるものではないことに。その感情の、確かな名前に――ラスは、気づき始めてもいた。

（私、……この方が、好き）

どこか読めなくて、紳士的で。ちょっと押しが強くて、笑顔が優しい。

王太子としての執務にも王立研究所の仕事にも真剣に向き合い、とても賢明で、完璧な王子様。

（そういう、表面的なところばかりじゃなくて）

例えば、仕事の合間に「ちょっと疲れた」とため息混じりに愚痴を言っていたり。素の一人称が、王太子らしくなく「俺」だったり。楽しいことがあった時に無邪気に笑う目元や、意外と冗談が好きで何かとからかってくるところ。たまに見せる、少し冷たい、無機的な印象の眼差しも。

何を考えているのかわからない人だと思っていた。

今は、わからないことが、逆に素敵なことだと思う。まだ知らない、これから知っていく彼の余白を、楽しみだと。

（でも）

――そんなことを思う資格などないのに。

同時に胸を覆（おお）うのは、どうしようもない虚（むな）しさだ。

「そういえばラケシス嬢。よければ呼び方を変えても構わない？」

ふとアレンが手を打ったので、ラスは首を傾げた。

「ラケシス嬢、といつまでも呼ぶのはなんだかよそよそしいと思って。確か、ご家族は姉ぎみがお二人いると言っていたよね。彼女たちには、なんて呼ばれているのかな。よければ俺も、倣（なら）いたい」

「姉たちは、……」

ごく自然に「ラス」という愛称を答えようとして、声が喉で止まった。

（王宮に連れてきていただいて、何不自由ない暮らしどころか、こうして王立研究所に籍を得て、魔術をみんなの役に立てる夢を叶えることができて。全部、アレンさまのおかげ……そう、アレンさまにかかった、メーディア大おばあさまの、溺愛の呪いの……）

呪いがなければ、アレンはラスに目を向けることなどなかったに違いない。

あの日ラスがアレンを助けたのは、決して彼が「アレン・アスカロス・レヴェナント」だったからではない。誓ってその言葉に嘘はなかった。

あそこにいたのが誰であれ、ラスは必ず守ろうとしただろう。この状況はただの偶然の産物だ。要するに、アレンにとっては、晴天の霹靂もいいところのはず。

（そう。この方が私によくしてくださるのは、……ご自身の意思ではないのに）

だからこそ、申し訳なくて、気の毒で。

考えるたび、しんどくて、胸が詰まる。

（これ以上、距離を縮めるべきではない……。研究所でのお仕事も、動植物の凶暴化病解消に目処が立ったら、……きっと去るべきなんだわ）

でも、と思う。

（もしも、そうじゃない可能性が少しでも、あるのなら）

万が一でも、億に一つでも。たとえば何かの奇跡で、呪いが彼に効いておらず。アレンは純粋にラスの力に興味を持つなり、政治的な思惑を裏に置くなり、言葉通り「命を救われたお礼」以外の感情を持たずに接してくれているだけで。

今ここで過ごしているこの距離が、偶然に、成り行きで作られたものだとしたら。

なぜならアレンはまだ、「好きだ」とか「愛している」とか、ラスに決定的な一言を告げていない。

呪いを裏付けるその言葉を聞かされない限り、——まだ、あと少しだけ。

許されていると、勘違いしてもいいだろうか。

(いいわけがない。……あるわけがない。絶対に。それなのに。私……私は、なんて卑怯なの)

「ラケシス嬢……？　気分がすぐれない？」

「……いえ……」

不意に訪れるどうしようもないいたたまれなさをやり過ごそうと、シクシクと痛む心臓の辺りに手のひらを置き。

きゅっと唇を噛むラスを、アレンは訝しげに見つめていた。

4　王太子殿下の黒歴史

誰にでも黒歴史というものはある。

たとえば――己の従兄で側近の一人であるガイウス・グリムなどは、幼少時、国内で流行している英雄活劇に大ハマりした挙げ句、従者やとりまき連中に自分のことをその主人公の名前で呼ばせて悦に入ったり、社交界きっての人気を誇る貴族令嬢某に偶然声をかけられたのを告白されたと勘違いして、自分達は恋人同士だと周囲に吹聴したところ、令嬢本人から盛大に罵倒と平手打ちを喰らったりしたのが、それに該当するはずだ。

軽い気持ちでこれらの話題を持ち出そうものなら、従兄はいまだに真っ青な顔をして胸のあたりを押さえ、果ては「殿下に生き恥を晒すくらいなら……」などと目の前でガチめの自害を試みたりするので、必要に迫られない限り触れないようにはしている。魔女をめぐる立場の問題で反目することも多い従兄だが、そんな理由で死なれては困る。ついでに、古傷とはいえ触れられると痛いのは、彼に限らずきっと万人共通のことだろう。

……大いに話がそれた。

何が言いたいかといえば。果たして、――「完全無欠の貴公子」「レヴェナントの誇る微笑の天使」などと巷でもてはやされる西の大国レヴェナントの王太子こと、アレン・アスカロス・レヴェナントにとっても、明確に黒歴史と呼べる事象は存在しているものである、ということだ。

（なんというか……ほんっと。我ながらかわいげのない悪ガキだったんだよな、……昔は）

王宮主殿にある自らの執務室で、不必要なほど大きな書き物机に頬杖をつき、金枠の飾りに彩られたビロード張りの椅子に腰掛けながら。

不意に蘇った苦い思い出に、未決裁の書類をめくる手を止め、アレンはため息をついた。もうすぐ終わりそうなところで集中力が切れた。どうでもいいことを思い出してしまうのがいい証拠だ。

（とっとと終わらせて、研究所の方に行きたいのに）

これでも次期国王に即位するのが確定している身なので、もちろん仕事は研究所関連よりもこの室で済ませるべき別件の方がよほど多い。

だというのに、ついつい研究所にばかり入り浸ってしまうのは、そこにいる魔女や魔導士といった部下たちが、割とアレンのことを「気にせず、構わずにいてくれるから」だ。

そしてこのところ、通う頻度がさらに増しているのは、他でもない。

お目当ての人物がいるからだった。

（それにしてもラケシス嬢の薬糸魔術、よく効いた）

つい先日、昼食を一緒に摂りがてら、己の得意とする治癒魔術をかけてくれた少女の顔を思い出し、アレンはふっと口元をゆるめた。

糸を使った特殊な魔術は、モイライ一族の専売特許のようなものだ。彼女が生まれつき持っている無害化魔法とはまた違うが、優しく甘い香りと共に、身体に蓄積された疲労が溶かされる感覚は、病みつきになりそうなほど心地好かった。

もっとも——病みつきになりそうなものは、もっと別にあるのだが。

（ラケシス嬢の笑顔、初めて見たけど……可愛かったな。また見たい）

ラケシス・モイライ——いにしえの魔女の血筋に連なる少女は、滅多に笑わない。少なくとも、アレンの前では。

それどころか、基本的には口数少なく俯きがちで、アレンの顔を真正面から見てくれること自体が少ない。それはそれで、小動物が怯えているようで、いたずら半分につついてみたくなる——のは、さておき。

レヴェナント王宮に、半ば拐かすようにして連れてきた当初は、まともに話すのも難しかったけれど。舌先三寸で丸め込んで魔術研究所に雇い入れてからというもの、なかなか、それなりに打ち解けてきてくれている。……と、思う。思いたい。たぶん。

（もう彼女自身は覚えてはいないだろうけど。……会うのが、あの下町で助けてくれた時が初めてじゃないって言ったら、きっと驚くだろうな）

改めて、彼女の淡い紫色の瞳を思い浮かべつつ。

暇乞いしていった集中力が戻るまでだ。そう自らに言い訳してから、アレンは苦笑混じりに、より深く回想の淵に潜っていった。

七年前のアレンは、——繰り返しになるが——正真正銘愚にもつかない悪ガキだった。

レヴェナント国王の第一子にして、唯一の正統なる後継であるが故、将来は担保されていると言っていい。しかしそれは、国への責任や血のしがらみと背中合わせの保証だ。安泰だが、重い。本来であれば。その点アレンの性質は、王族としてはおそらく適格だった。

——彼は幸か不幸か、物心ついたころから、何事にも非常に関心の薄いたちだったのだ。

人当たりはいい。常時誰にでも穏やかで、何事もつつがなくこなす。客観的で冷静沈着、「きっとあなたは希代の賢君になる」と、王宮に出入りする教育者たちはアレンを誉めそやした。

しかしそれは、翻せば、何に対しても「特に楽しみを覚えない」ということだと、他でもないアレン自身が一番はじめに気づいていた。

人間に興味がない。

国にも、血筋による責任感はあるが、愛着はない。

そもそも、自分自身に対してこそ、全くこだわりがない。

将来、国を荒らすことなく、民の営みを正常に保てれば、それでいい。むろんそれこそが最大の難事ではあるのだろうが、結果として公に私が圧迫され、すりつぶされても、特段苦にならないだろうという確信があった。

――〝お前は王族として全く優秀だが、人間としての何かが少しばかり欠落しているな〟

現国王にして父であるゼラム・アスカロス・レヴェナントは、アレンと顔を合わせるたびにそう言ってきた。都度、「事実、王族なので、王族として優秀であれば構いませんでしょう。陛下」と、けろりとアレンは返してきた。

別に父親に対して鬱屈を抱えているわけではない。情がないだけだ。それも別に問題になる程でもない、それこそ「少しばかり」「普通より」足りないだけ。だというのに親子らしからぬ『陛下』呼びに、父は「そういうところだ……」といつもため息をついていた。

ついでに、こちらは幸いにして、と言っていいのだろうが、――その父王ゼラムは、国民と同じ目線で、魔術や魔女を捉えることができる人物だった。

父の政の舵取りは、おおむね好評で、民には長らく敬愛され続けている。アレンの母である、グリム侯爵家出身の王妃とも仲が良かったらしいが、彼女はアレンを産んですぐにはかなくなってしまった。

そして少なくとも、グリム侯爵家に追従するおべっか使いの貴族たちや、偏見や特権意識でがんじがらめにされた母方の親戚たちに囲まれて育つのは、アレンにとって煩わしいことでしかなかった。万物に等しく愛着はなくても、面倒なことや不快なことはわかるというのも困り物だが。

そういうわけで、幼い頃のアレンは、王宮を密かに出奔する機会が自然と増えていった。

外に出たら、多少興が乗るものが見つかるかもしれない。勉学や行儀作法、武術稽古などの必須事項を真面目にやっておけば、父も文句は言わなかった。つまり彼がますます品行方正で優秀に育ったのは、いわば必要にかられてのことである。

親しく付き合うのは、決まってアレンの将来にとって特に利益にならない下級貴族の子息や、アレンの出自を知らない平民の子どもたち。時には、商学を実地で学ぶ際に顔見知りになった大人たちを頼って、遊び半分に情報網を敷く。場合によっては貧民窟に出入りすることもある。

そんなことを繰り返していたら、ガラや言葉遣いは悪くなるし、ますます斜に構えて世間を見るようにもなる。素の一人称がお行儀の良い「僕」から、王侯貴族らしからぬ「俺」になったのもこの辺りだ。当時得た知見や人脈は、今でも役に立ってくれているものもあるので、きっと無駄ではない時間だった。

とりあえず、五年前にやっと『王族として知見を広めるのは悪くはないが、素行はいい加減にしろ』と、行状を見かねた父の命令で王立魔術研究所に所長として放り込まれるまで、アレンはそんな感じだったのだ。

万事に対する執着の薄さと人間への無関心も加速するばかりで、七年前なんて、口も性格もべらぼうに悪かった。自分で言うのだから間違いない。

さて――

――近々、モイライの魔女が参加する、秘密の夜会があるらしい。

当時付き合いのあった下級貴族の次男坊から誘いを受けたのは、そんな七年前のことだ。アレンは十二歳だった。

（モイライか。話には聞くけど、見たことはないな。そういえば）

二百年前、レヴェナントの王族に不遜にすぎる呪いをかけた魔女一族の名前は、この国で知らぬものはない。当事者である王室の男子であるなら尚のことだ。

糸魔法を能くし、特に力が強ければ人の運命を操るとまで言われる、稀有なる大魔女の血統、モイライ。

魔女という種族は長寿ではあるが純血を繋ぐことが難しく、樹海にひきこもって暮らすような偏屈な性格のものが多いなか、モイライ一族は恋多き女が多いことでも有名だ。

そして現在、レヴェナント国内に滞在している、モイライに連なる魔女は三人。うち姉二人は純血で、三人目は異父妹の、半人半魔。

姉たちは双方とも「髪どころか鼻毛まで艶やか」「むしろ毛穴まで魅力的」と噂されるモイライらしく、いかにも華やかで妍麗。その容色を最大限に活かし、男遊びが大好きで、貴族でも平民でも、見境なしにあれこれ恋の日替わり定食を決め込んでいるらしい。が、まだ年端もいかない末っ子の三女だけは、滅多に人前に現れることはない——

『その、全然出てこない秘密の三人目が、珍しく今度の夜会には来るらしいぜ！』

悪友たちは、そんなふうに口を揃えてアレンを誘った。

なんでもその夜会とやらは、月に一度、とある酔狂な貴族が身分を隠して開催するもので。モイライの魔女の姉二人が、〝愛の狩り場〟にしている一つ、らしいのだ。

（……はあ）

冷めた目を向けるアレンの前で、同い年の悪友たちは、大いに想像をたくましくして盛り上がっていた。

『へーっ！　それって確かな情報なのかよ？　モイライの魔女は、吐息まで薔薇の香りがするらしいじゃんか。どいつもこいつもすげえ美人なんだろ』

『姉ちゃんの方なら、長女か次女かどっちか知らないけど、オレ見たことあるぜ！　腰を過ぎるくらいのグルングルン豪華な黒い巻き髪で、唇なんて血みたいに赤くてさあ。黒いドレスの太ももまでスリットが、こう……魂抜かれるくらい綺麗だった！　けどなんか、実年齢はやばいババアらしいって。どう見ても二十歳そこそこだったけど……』

『三女は半魔だし、そんな年増じゃないんだろ。モイライって言えば例外なく紫檀の黒髪、紫暗の瞳、だっけ？　しかもアレンなんて王族だから、一目見たら恋に落ちるとか伝説あったじゃん？　ちょっと試してみようぜ』

品のないやりとりは、思わぬところで飛び火してきた。

まだ見ぬモイライの乙女をめいめいに夢想しては興奮しつつ、面白半分に誘って来る悪友たちの口ぶりに、アレンは辟易した。

（ええ……？）

『正直、興味ないんだけど……』

断ろうとしたが、彼らはすっかりアレンが参加する前提で話を進めているらしく。付き合いきれないと放置していたら、そのうちに一人がそこそこ値の張る招待状まで手に入れてきたので、行かないとは言い出せない雰囲気になってしまった。

(しょうがない。ちょっと顔を出すだけだ)

そういうわけで。

渋々ながらいざ参加してみると、夕暮れ時から開催されたその夜会は、いちおうは仮面舞踏会の体裁とはいえ、真面目に顔を隠しているものの方が少ないような雑な有様だった。

立場上、あまり表立ってこういうところに出入りしているのも外聞が悪い自覚があるアレンは、平気で素顔を晒す招待客たちに交じり、しっかりと仮面を被り直す。飾りもほとんどついていない黒い布製のそれは、目元から鼻の上までを覆い隠してくれた。これならそうそう誰だかわかるまい。

会場である、王都のとある貴族の屋敷の庭は、すっかり日が暮れた後も、紐で頭上に渡らせた赤い魔石のランプで明るく照らされ、昼間のように視界が明瞭だ。

露出が多めのドレスで華やかに着飾った貴婦人や、明らかに高級娼婦と思しき婀娜な若い女が笑いさざめく間を縫い、給仕たちが酒のグラスを配って回る。どことなく淫靡な紫のクロスがかけられたテーブルには、立食形式の軽食が並ぶ。

酒と、料理と、男女それぞれの香水の匂い。混じり合って鼻腔を刺激してくる、むせ返りそうなそれらに、アレンは早々に参加したことを後悔した。

(目的のモイライをどれか一人でも見て、それですぐに帰ろう)

やれあの女が美人だの、あっちの暗がりでいちゃつく男女がいただの、下世話な話題で盛り上がる悪友たちの話を右から左に聞き流す。──正直、王宮にいる連中よりマシなだけで、彼らと真剣に交流してきたわけではない。ついでに彼らもアレンとはいっときの付き合いだと割り切っているはずで、誘われた席を中座したくらいで気を悪くされる仲でもなかった。

『お、いたいた。あれだよモイライの魔女。オレが前見たやつ』

──と。

悪友の一人がアレンの肩を叩いた。人差し指の示す先に視線をやると、確かに少し離れた場所に、紅色の酒を満たしたゴブレットを片手に、数名の男を侍らせ談笑する女の姿がある。

（へえ……）

触れ込み通り、豪奢な長い巻き髪の女は、肌は蝋のように白く。唇はピジョン・ブラッドの鮮やかさ、濡れたアメジストの目に影を落とす濃い睫毛と、何もかもたいそう美しい。

顔を隠す気はやはりないらしく、片手に持った棒先に付けられた仮面は、すっかり定位置から離れていた。

ついでに肌も隠れておらず、スイカのような大きさの白い乳が闇色のドレスに押し上げられ、デコルテから深い谷間を覗かせている。アレンの隣で、悪友たちが一斉に口笛を吹いて鼻の下を伸ばしていた。

(なんというか。確かに美人だけど、……ものすごくアクの強そうな……?)

彼女の周囲だけ、空気が違う。

言うなれば――紫の瞳には魔が宿っている、と。

それも、人喰いの魔物が。率直な感想を述べれば、抱いた印象はそんな感じだ。

あたう限り近寄りたくない類であるのは間違いない。油断すると本当に頭から食われそうだな、と思っていたら、やはりというか、そばで顔を赤らめて彼女に熱い眼差しを注いでいた若い男の一人が、誘蛾灯に惹かれた虫のごとくフラフラと彼女に近づいていく。

名も知らぬ美しいモイライは、紅い爪でその顎を捉えて何事か耳に囁き、……やがて二人はどこかへ消えていった。

(――うわ)

思わずアレンは苦々しく眉根を寄せ、悪友たちは歓声をあげている。

口々に、モイライの色気や美貌について言い立てる悪友たちを尻目に、彼女の去った後に何気なく視線を投げた後。アレンはふと、そこにポツンと取り残された少女がいることに気づいた。

蝋燭の周りを飛び回る蛾のような男たちは、一人が選ばれたことですっかり散ってしまっており。まるでそこだけ祭りの後になったような閑散とした中で、簡素な黒いドレスを身につけた少女の姿は、なんとも浮いていた。

（なんか、場違いな子だな。けど、こんな〝いかにもな〟パーティーに、どうしてまたあんな子どもが？）

遠巻きに見た印象だが、まだ十歳にもなっていないのではないか。

アレンも十二歳なので別に大して変わらぬ年齢なのだが、それにしたって肉付きの薄い細い肩といい針金のような手足といい、悪目立ちするあどけなさだ。肩まで伸ばした黒髪に赤いリボンを結び、黒猫を胸にしっかり抱いた少女は、保護者とはぐれたのか、しょんぼりと肩を落としている。

言っては悪いが、さっきモイライの魔女を見たせいか、地味を通り越してみすぼらしくすら映る。とはいえあんな子ども相手に、品定めのような眼差しを向けること自体あり得ない話で。自分も大概、この場の空気に中てられたらしい。

（……あれ？）

不意に。

『え』

顔を上げた少女の瞳が淡い紫色をしていることに気づき、アレンは声を上げていた。

（嘘だろ、あれが？）

黒髪と紫の目は、モイライの魔女の証だ。

――ということは、あの少女は、なんとモイライ一族に連なるものらしい。年齢から察するに、今日だけ特別参加という例の三女だろう。

思わず凝視する。

見れば見るほど……少女は、「地味」以外の感想が出ない容貌をしている。

(いやでも、顔の造作とかの話じゃなく……あまりに無害すぎるというか……覇気？　がない。さっきの派手な女みたいに、目があった瞬間にとって食われるような魔性では全く、これっぽっちも……)

おそらくは、男を連れてどこかに消えてしまった姉を捜しているのだろう。

少女は使い魔らしき小さな黒猫を胸に押し付けるようにして、不安そうな表情で辺りをきょときょとと見回している。

先ほどの姉の瞳よりも幾分か薄い色合いをした大きな紫は、アメジストとでも評するのが妥当なのだろうが、なぜか真っ先に連想するのは城下の市場で売っているぶどう飴だ。

飴玉が二つ嵌まった幼い顔立ちは、色気とは無縁の甘さがある。

あの様子だと、姉はしばらく帰らないだろう。少女の顔がくしゃっと歪む。唇を噛みしめ、泣きそうで泣かない。……見ていると、だんだんかわいそうになってきた。

(……声、かけてみるべきか？)

そんなふうに思ったのは、単純に、哀れみからだった。

姉に誘われて訳もわからぬままついてきたのだろうが。その狼狽ぶりが、あまりに場違いで、心細そうで。一言「あんたの姉ならしばらく帰らないと思うぞ」とでも言ってやった方がいい。こんなところで放っておくのも、……という、常識的な親切心や年上の義務感から、――だったのだが。

そういうわけで、アレンが何気なく彼女に向けて一歩を踏み出そうとしたところ。黒い衣装の胸に抱かれていた同じ色の子猫が不意に伸び上がり、主人を慰めるように、白い頬をぺろりと舐めた。

その瞬間。

『ロロ』

彼女は使い魔の名前らしきものを呼ぶと、腕の中の子猫に向けて、ふんわりと口元を緩ませた。

(――あ)

その淡い紫の眼が和み、柔らかさを増す。瞬間に。

(魔、が)

ぞく、と背筋が粟立つ感覚を覚え、アレンは瞠目する。

――先ほど、姉の瞳にもおぼえた、魔性の気配。

駄菓子の飴玉なんてものにたとえたばかりだというのに。人を惹きつけ、深淵へと引きずり込む、美しい色彩を。確かに、やせっぽちの少女の持つ一対の奥に見つけ、思わずごくりと喉が鳴った。

（すごいな。なんていうのか……あの子もいっぱしにモイライなのか）

とはいえその時、心におぼえたのは単なる感心の延長で。伝承通り、見るだけでたちまち虜になるなどということはなく、ついでに断じて一目惚れでもなかったのだが。

『なになにー、どうしたアレン？　……お、あの子もモイライじゃね⁉』

『うわほんとだ。あれが例の三女ってやつか。なんかさぁ、地味だな』

悪友たちがアレンの様子に気づき、たちまち集まってきた。

『え、なんだよアレンああいうのが好みなの？　全然まだガキンチョじゃん』

『ほらそこはあれだろ。例の溺愛の呪いだろ。ヨッ、一目惚れ！』

『ご寵愛待ったなしかぁ？　ほら、そうと決まれば告白して男見せてこいよ！　あの子滅多に出てこないんだからさぁ』

どん、と悪友の一人に背を押され、『うわ！』とアレンはよろめいた。

そうして、均衡を崩して数歩を踏み出してしまい。

――気づけば、すぐ目の前に、くだんの少女が立っていたというわけだ。

覚えてろお前ら、と背後を睨みつけると、彼らは口に手を当てて、『溺愛だ溺愛だ』と大声で囃し立ててくる。

それだけなら自分一人が流せばしまいだが、悪ノリが過ぎる彼らは、挙げ句にアレンと少女の周りをぐるっと取り囲んだ。

『なぁなぁモイライのお嬢さん、そいつ、あんたのこと好きなんだってさ！』

『これから暇？　姉ちゃんどっか行ったんだろ？　なあ？』

『よく見たら結構可愛いじゃんか。先物買いってやつ？　この会場抜けてさぁ、オレらとちょっと遊んでかない？』

（おいおい……）

友人たちのおふざけに、アレンはさすがに渋面になった。

絵に描いたようなタチの悪い絡み方だ。それもこんな年端もいかない少女に。

あまり他人に興味のわかない自分でも、この状況は不味いとわかる。現にモイライの子は、胸の黒猫に縋るようにし、見るからに怯えた様子を見せた。

（どうする？　ここでこの子を庇えば、また溺愛だのなんだのやいやい言われて面倒になりそうだし）

かといって少女を見捨てるという選択肢こそない。呪いの逸話がついた王族の自分さえいなければ、彼女はここまで巻き込まれることもなかっただろうから。

その時、共に夜会に来ていた友人たちとは、もう誰一人として縁が続いていないし、そこで彼らのからかいに屈する必要性など、万に一つもなかったのだが。アレンはとにかく、厄介なことにならずにこの場を収める方策はないかと思案を巡らせた。

（はあ。……しょうがない）

——決して許されることではないのだが。それでも、選んだやり方について言い訳をさせてもらうなら。当時のアレンは冷静ぶっていても十二歳で、まだまだ判断の甘い見栄っ張りで、ついでにあえてしつこく繰り返すが、斜に構えた悪童だった。

『……そのへんでやめとけよ』

猫を抱いた少女と距離を詰める友人たちに向け、アレンは頭の中で軽く台詞を練ると、手近な一人の肩に手をかける。なるべく冷めきった表情と声になるように調整して。

『ん？　だってお前、この子モイライだし、ってか一番興味があんのお前じゃね？』

案の定、相手が不満そうに口を尖らせるのを、アレンはこれ見よがしに『は』と鼻で笑っておいた。

『興味？　あるわけがない。その子のことを、地味なガキだって言ったのはお前らだろ？　どうせ狙うなら姉の戻りを待てばいいのに。ずいぶん節操がないんだな』

——悪いけど、俺は先に抜けさせてもらう。あとは好きにすればいい。

そう言い残して手を振ると、心底どうでもよさそうに、さっさと背を向けてしまう。ついでにこの息苦しいパーティー会場からも立ち去る口実になるなら、願ったり叶ったりだ。

『……んだとぉ！　別にオレも興味ねーよ、こんなガキ！』

後ろで友人たちが憤慨する声と、こちらを追いかけてくる気配があったので、ちらりと振り返る。……途端に、後悔した。

彼らの後ろで、少女はひどく青ざめた顔色をしていた。どう見ても「助かった」という感じではなく。

（あ）

そしてその時点で、アレンは自分の言葉選びが『行き過ぎた』ことを悟ったのだ。

――興味？　あるわけがない。……地味なガキだって言ったのはお前らだろ？

（しくった）

あの言い草では、悪友たちの台詞を肯定したも同然だ。

友人たちの興味を削ぐため、……なんてことは言い訳にすぎず。台詞はただの方便、決して本心から外見を罵倒するつもりはなかったとも、彼女本人には伝わりようのない話で。

（そうだ、戻って謝れば）

しかし、アレンが逡巡しているうちに、少女は踵を返し、人ごみの中に逃げ込んでしまう。無事に悪友たちを振り切れたことは重畳だが、謝罪もできなくなってしまった。

終わったことだ。わざわざ引き留めて蒸し返したほうが嫌な思いをさせていたかもしれない、などと、どうにか踏ん切りをつけようとはしたが。

（やっぱり最低すぎる……）

その後、王宮に帰ってから、少女の蒼白な顔を思い出しては、アレンは頭を抱え、かつてないほど反省した。自分のとった行動は、友人たちの手前で格好をつけたかっただけで、最良でもなんでもなかったと自覚があったからだ。

（からかわれようと恥ずかしかろうと、正面切って「やめろ」と庇えばよかった）

その程度、自分にはなんの瑕疵にもなりはしないのに。結果として容姿を馬鹿にした形になり、彼女の心には傷をつけてしまった。あれはない。ほんとごめん。

どうにか謝りたかったが、モイライの末妹が例のパーティーに来ることはそれ以降なく。アレンは、謝る機会も逸してしまったのだ。

そう。七年前のアレンは、言い訳のしようがないほど、紛れもなく悪ガキだった。

――そのことに関しては、やがて王族としての後継者教育が本格的になり、ついでに王立魔術研究所の仕事にのめり込むようになってから、アレンは意図的に黒歴史として記憶の奥底に封印していた。

最近になって、研究所の人員募集の関係で、そのモイライの末妹が、どうやら王都のはずれで薬屋をやっているらしいという噂を聞きつけるまでは。

黒歴史の回想を打ち切り、アレンは椅子に深く背を沈めた。

（いまだに覚えているくらい、ラケシス嬢には申し訳なかった……とは思ってたんだ）

この件は近年になって、研究所の部下のルピナに思いつきで話したこともあるが、「所長、それは年齢関係なくクソヤローすぎるんで一回死んだ方がいいですよ」と一刀両断されて終わった。事実その通りだと思うのでぐうの音も出なかった。

――珍しい薬糸魔術を売りにする魔女が、王都のはずれの樹海に住んでいる、と聞いた時。糸属性の魔術ということで、おそらく例のモイライの子だ、と察しをつけた。

ガイウスを派遣する城下視察に、アレンがわざわざ同行した理由には、場所がそこに近かったから……という腹もある。動植物の凶暴化病の現場に巻き込んでしまったのはまったく偶然だが、助けてくれた魔女が「彼女」だと、アレンはすぐに気づいた。

そういうわけで、ラケシスを半ば強引に王宮に招待したのは、当時のお詫びのつもりだったのである。当然、本意はそれだけではないけれど。

（と言っても、七年も前の話だし、彼女は覚えてないかもしれないから、あえて理由は話さなかったけど――）

律儀な性格らしいラケシスは、もてなせばもてなすほどに、ひどく申し訳なさそうにするばかりだ。

（……これはお詫びになっていないどころか、逆効果では？）

すぐにアレンは次の手を打つことにした。もとより、その魔術の腕に興味は持っていたのである。「タダ飯食らいは嫌なんです」と必死に訴えるラケシスに、「ならば」と雇用の申し入れをしたのは、当然こちらにも利があってのことだ。

結果的に、彼女は以前よりアレンに打ち解けるようになってくれた、のだが。ただ一つ、誤算があるとすれば――

（いつの間に、こんなに好きになってたんだ？）

確かに始まりは罪悪感だったはずなのに。

（……昼食の後、薬糸魔術で疲れを癒してもらった時とか？　いや、研究のことを楽しそうに話している時？　どんなに気合いを入れてもてなしても、反応がやたら生真面目で面白いなと思った時？）

市街地で、凶暴化した薔薇に襲われた時に、躊躇いなく目の前に飛び込んで、己の身も顧みずに見ず知らずの自分を助けてくれた時、かもしれない。

今となっては、きっかけはもう、どうでもいい。

自分が疲れているのを的確に見抜いて声をかけてくれたり、研究所で生き生きと楽しげに働いているラスに、どんどん惹かれていくのを、アレンは自覚していた。

(とどめはあれだ。あの笑った顔は、……ちょっと反則)

無表情で、いつもおどおどして、どこか怯えた小動物のような眼差しを向けてくるラケシスが、不意うちで笑った瞬間。

目にしたが最後、無抵抗でやられるしかない。なんだあの可愛い生き物。

どこまでも優しくて穏やかなのに、そのアメジストの奥には、七年前に垣間見た魔性の気配が燻っていて。

最初目にしたあの時は、さほど心を動かされなかったのに。

今は素直に、綺麗だ、と感じた。――あんなの見てしまったら、惹かれざるを得ないだろう。

(けど、……なんでだろう。助けてくれたこと……は、おそらく理由の一端にすぎなくて。追いかけた時や構った時の反応が楽しいのも、薬糸魔術も笑顔も、確かに大きくはあるけども。決定打というか、根源的なところは、もっと別な……?)

ふと己の感情を分析してしまう。

生まれてこの方、形のあるなし問わずどんなものに対しても関心が薄かったし、それが自分の本質なのだと思っていたから。これだけ何かに、誰かに惹かれ恋い焦がれて、同じことばかり考えてしまう事態に、どうも慣れていないのだ。

なんにせよ結論として。自分でも気づかないうちに、アレンは相当ラケシスのことが好きになってしまったらしい。

のらりくらりと彼女が自宅へ戻るのを遅らせていたのは、当初こそ色々と理屈めいた背景があった。けれど今や、単なる私情だ。彼女を樹海になんて帰したくない。あの瞳を思い浮かべるだけで、心臓がうるさく騒ぐ。少し話して、離れたらもう声が聞きたい。……重症だ。

(――モイライの呪い、ね)

生まれて初めてだった。誰かの一挙手一投足で、気持ちが浮き立ち、食事が美味くなり、空や花が妙に鮮やかで美しく感じられるなど。

こんなに楽しい呪いなら大歓迎だ。

情緒に乏しい悪ガキだった自分が、かつてぶどう飴などにたとえた、あの一対の淡紫の奥に宿る魔の気配。

ひとたび引き摺り込まれて喰われれば、きっと骨も残らない。

けれど首尾よく囚われ溺れることができたなら。

最期の瞬間まで、きっとさぞかし甘やかで幸福なことだろう。

一国の王族としては、恋愛一つであっても国が絡んでくる。

レヴェナント王室の権威は今のところ揺るぎなく盤石で、特に他国との政略結婚の必要もない。それはわかっていたが、恋心を自覚してから割と早くに、アレンは父王ゼラムの執務室に許可をとりつけに行った。

『父上、ご相談があるのですが』

『どうした息子よ。しかし、厄介そうな話を持ち出す時だけわざわざ父親扱いしてくるあたり、お前は本当に、そういうところだぞ』

『さようで』

色合いも面差しも己に似通ったゼラムは、多分あと二十年かそこら経ったらアレンもそうなるのだろう、という顔立ちをしている。

威厳あるその顔にわずかばかりの呆れを載せる父に、アレンは頓着せずに本題を切り出した。

『モイライの三女ラケシス嬢との交際に許可をいただきたい。ゆくゆくは結婚を前提に』

『許す』

『……えらく返答が早いですね？』

まじまじと顔を見つめると、父は片眉(かたまゆ)を上げた。

『不満か？』

『いえ。まさか』

あれこれ入念に準備してきた、外堀(そとぼり)を埋(う)める理由の類が無駄になっただけだ。

『レヴェナントには今のところ、対外的に懐柔(かいじゅう)しておきたい国もないからな。国内としては、貴族で取り込みたい相手はいないが、その貴族たちに根強く残っている魔女への偏見は拭(ぬぐ)っておきたい。お前がここらで王統に魔女の血を取り入れてくれるなら願ったり叶ったりだし、それが因縁(いんねん)も歴史もあるモイライならおあつらえむきだ。話題にもなる』

モイライの魔女は基本的に素行と性格に問題アリでとても王妃になど望みようもないが、その点あの三女なら大丈夫(だいじょうぶ)だろう。

『アレン。お前の取り組むべき目下の課題は、グリムの率いる魔導学院派を均しておくことだ。聞けばあの娘(むすめ)は生得の無害化魔法で、凶暴化した薔薇を押さえ込んだとか。ついでに兵たちもそれを目の当(まあ)たりにして、宮廷(きゅうてい)でも話題になっているようだから、余計な反発も少ないであろうな。あとは王立研究所のほうで実績の一つも挙げてくれれば上々だが、そちらは追い追い。……というわけで、特に私から反対する理由がない。以上だ』

頭髪(とうはつ)と同じ銀色の顎髭(あごひげ)を撫(な)でつつ、父にはスラスラと論拠(ろんきょ)を並べられて、思わずアレンは片頬を引き攣らせた。

『……父上は、よく私に〝お前のそういうところだぞ〟とおっしゃいますが。今、そっくりそのままお返ししますね。そういうところです』

『まあ、お前の半分は私だからな。血は争えんということだろう』

表情も変えずにしれっと頷きつつ、ゼラムは目をすがめた。

『そう嫌そうにするな息子よ。昔から妙に達観して、なんにでも関心の薄かったお前が、こうして私に許可を求めるくらい心奪われる女ができるというのは、純粋に父親としては喜ばしい。が、さかしまに当然よく思わないものもいる。可愛くないお前のことだ。それはわかった上でのことだな?』

『はい。承知の上です』

『結構。……ああ、もう一つ。モイライの姉二人を敵に回すと面倒だからな。然るべき手順は踏むことだ』

『今踏んでいるところです』

『そうか、ではこの父からは何も言うことはない。相変わらず手回しだけは一丁前だ。無事に実ればいいな。惨敗した時は胸くらい貸してやろう。せいぜい健闘を祈る』

話はすんだと言わんばかりに手を振り、アレンを室内から追い出しがてら。扉が閉まる直前、父は机上の書類を手に取るついでに、こちらを見もせずにこう付け加えた。

『そうそう。不名誉な黒歴史はきちんと払拭しておけよ、どら息子よ』

『………はい』

（なんで知っているんだ、それを）

自分が悪ガキだったのは、この人がクソ親父だからでは？

アレンはちょっと呆れたが、別に今言うことでもないので黙ってその場を辞した。

こうして、立場的には、アレンは晴れてラケシスと交際の許可を得たわけである。

――本人の知らないところでだ。

然るべき手順は踏んでいるところだと言った舌の根も乾かぬうちに恐縮だが、その手順自体がおかしい自覚はある。

このところの、現状に至るまでの経緯をつらつらと思い返しつつ、アレンは机の天板を軽く指先で叩いた。
切らしていた集中力はだいぶ在庫が復活しており、あと一踏ん張りすれば、この執務室で終わらせるべき政務の方は片付くだろう。同じ姿勢を続けているうちに凝り固まった首を軽く鳴らしつつ、アレンは前方に視線を投げる。

（さて。そろそろかな……）

居心地のいい研究所の所長室を離れて、こうして王宮主殿内の執務室で過ごしていたのには、仕事以外にも理由がある。

ここで待っていたらおそらく訪ねてきてくれるだろう人物のことを思い、アレンは目を細めた。

「アレン王太子殿下。失礼いたします」

やがて、コンコンと軽いノックの音とともに、重い扉を開けて入ってきた相手に、アレンは明るく声をかけた。

「お疲れ様、ガイウス」

「いえ、疲れるなどと。殿下に比べれば、この身に任された職務など軽いものです」

四角四面な返答とともに室内にするりと入ってきた栗毛の側近を、アレンは何食わぬ顔で片手を上げて出迎えた。

「待っていたよ。私に話があるとか？」

「はい。例の動植物の凶暴化病の案件で、改めての懸念を」

ガイウスはアレンの座る執務机まで一直線に歩いてくる。そして、広い樫の机上一面に、手にしていた書類をばらりと広げた。

（予想にたがわぬ展開だな、というか）

待ちかねた好機とばかり灰青の瞳が輝いているあたり、分かりやすくて大変よろしい。

「これは？」

本心を隠し、素知らぬふりで首を傾げてみせるアレンに、「私のほうで独自に調査しておりました、一連の発症事案を地図に落とし込んだものです」とガイウスは身を乗り出す。

「今のところ、民には死者、重傷者とも出ておりません。ですが、このままでは時間の問題でしょう。何より注目すべきは被害状況です。ご覧ください、王都下町に集中しており……つまりは、樹海のそばです。魔女が特に多く住む場所です。そして特筆すべきことは、王立魔術研究所に所属する魔女たちが故郷とする地区が多い点です」

意気込んで言い切ると、ガイウスは広げた書類の中から、表らしきものを選んでアレンに手渡してきた。並んでいる名前は、アレンにはなじみ深いものばかりだ。顔も浮かぶ。

「へえ……。うちの研究所の面々の、得意とする魔術と出身地の一覧か。たしかに隠してはいない情報だけど……これだけ入念に、よく調べたね」

「国の一大事ですので」

勝手なことを、という言外の非難は、さらっと受け流される。

「たとえばこのルピナ・ヒギンズという魔女ですが、七十歳超えの純血で、植物の生態を操る魔術を能くするそうですね。強化魔術の類だとか。凶暴化とも通底するものだ」

「……」

視線だけでアレンが続きを促すと、ガイウスは思わずといったふうに身を乗り出した。

「アレン殿下。この際、はっきり申し上げます。宮廷では、この無差別な凶暴化事件は、悪質な魔女の仕業であるという見解が広まっております。そして残念ながら、王立魔術研究所では目立った対抗策が編み出されておりません。のみならず、……王都から遠く離れた場所では発症例がないことから、研究所の中に元凶を作り出した犯人がいて、何かのきっかけで魔法が漏れ出したのではないか、という見方をする者もいるのです」

（ほら来た。よくもまあ。見解が広まっているとか、見方をする者がいるとか。他人の立場や言葉を借りているけれど、要するに君の希望だよね）

一見してニコニコと微笑んで話に耳を傾けつつ、アレンは内心でそっと毒を落とした。

嬉しくもないが、彼の話が予想通りの進み方をしていること自体は歓迎すべきか。

満を持して示された、魔術研究所を槍玉に挙げるため、やたらと詳しく取り揃えられた資料。事件が起きるたび、やけに出動が早い魔導学院。ここ最近の、宮廷内で反魔女派閥を煽るガイウスの言動。

いずれも証拠としては薄い。もう一声、といったところ。

「その件について、君にいくつか訊きたいことがあるんだけど、……」

興味を持って質問をするふりをしながら、アレンは密かに考える。

（……やっぱり、話すだけじゃなかなか尻尾を出さないな。この間、下町で一緒に行動した時に、わざと隙を作って証拠を挙げるつもりだったけど、うやむやになったし……さて、どうしようか）

――そう。

王都周辺の動植物の凶暴化病は、他でもない。この従兄が中心となった自作自演である可能性が高いのである。

先日彼と共に城下に下りていたのは、その調査のためだった。

基本的に臣下としてガイウスは優秀だし、彼なりにレヴェナントと王室を愛している。けれど、彼の愛情は一方的で、思い込みも激しい。そして何より、一度頭に血が上ると、見境がなくなる悪癖がある。

（たしかに俺はグリム侯爵家の血を引いている。けど、それだけで妙な期待をされても困るんだよね……）

王立魔術研究所とは、ガイウスにとって、家業の誇りや代々の利権を害する一族凋落の要因であり、まさに目の上のたんこぶ。そして、従弟のアレンが立太子したことで、やっと権力の中枢に返り咲けるかと思いきや、その他でもないアレンが王立研究所の仕事に傾倒していることは、彼にとってよほど腹に据えかねる事態のようだ。

（理解はしよう。だが、民を巻き込んで事件を起こすとは、さすがに舐めすぎだ）

いかに小器用でも、あるじを裏切って喉笛を狙ってくる手足なら、切り捨てるほかない。

執務机についたまま、正面に立つ従兄の、メガネの奥にある、己よりもいささか灰色の強い青の両目を覗き込むようにして。その、涼やかな顔立ちに似合わぬ口を引き結んだいかめしい表情を眺めやりつつ、アレンはわずかに口元を和らげた。

先王や父王と同じ意向で、国益のためには時代錯誤な魔女差別の温床である魔導学院などとっとと叩き潰してしまいたいアレンとしては、その本音を隠してガイウスの期待をうまく誘導しながら、彼が決定的に自滅してくれる瞬間を狙っているのである。

（こちらの誘いに乗ってこないということは、ガイウスはおそらく、俺が彼の目論見に気づいていることを、気づいている）

動植物の凶暴化病を使って世情を乱し、そのうえで魔女や王立研究所の権威を守れるならやってみろと、無言の挑戦状を叩きつけられたと見ていい。

ここから先は、どちらが相手の把握している情報の範囲を先に掴んで阻止できるか、丁々発止の探り合い、裏の読みあいだ。――面白い。

（ガイウスもなんだかんだと理性的な面は残っているはず。国を巻き込んでいる時点で論外とはいえ、場所を郊外に限定して、大きな被害が出ないように配慮しているのがいい証拠だ。どうにかうまく毒抜きして取り込みたいけども。これはこれで、難関だな）

化かし合い自体は愉しくはあるが、懸念事項もある。

魔女嫌いで、その中でもかつてレヴェナント王室に不名誉な汚点をなすりつけたモイライ一族に、不倶戴天の敵と言っていいほどの憎しみを抱いているガイウスだ。

(……ラケシス嬢のことを俺が構い倒しているのは、彼も知らないはずがない。特に隠すなとも言っていないから、俺が父上に彼女との交際やゆくゆくの結婚まで話を通したのも、おそらくもう把握しているはず。なのに、何も言ってこない)

ラケシスを王宮に招いた時も、その後も。形ばかりの抗議はしてきたが、アレンが聴く耳を持たないそぶりを少しするだけで、ガイウスはさっさと引いて行った。いつもなら、鼓膜が破れるくらいくどくどと大声で説教を垂れるところだ。

その静けさが不気味である。何か企んでいるのは間違いない。

(それもたぶん、ラケシス嬢にしかけてくる)

王都で凶暴化病を流行させ、それを魔術研究所から流出したものだと噂を流し、解決は魔導学院があたる。そして、研究所の名を地に落とし、同時に学院の栄光を取り戻す。ガイウスの計画ではそうだったはずだ。

だというのに、あの時――騎士団員たちの前で公然とアレンと接触し、あまつさえ己の見せ場を奪った彼女に、ガイウスが頭に来ていないわけがないのだ。

さらに彼女がアレンの手引きで研究所に所属などすれば、対抗策を編み出して何もかも台無しにしかねない。というか現状、そうなりつつある。

邪魔な存在を、秘密裏に消しに行かないとも限らない。そういう意味でも、早急にラケシスを王宮に連れてきて保護しているわけだが。

身辺によりいっそう気を配って警戒しているとはいえ、相手の動く頃合いが問題だった。

(少し前ならまだしも。今彼女に手を出されると、何をするかわからない)

――ガイウスがというか、自分が。

「……報告は以上かな。ご苦労だったね。君の調査結果と懸念については、私の方でもよく考えておこう」

「お時間を頂戴しました」

決して表には出せない腹の内などおくびにも出さず、アレンは「ところで」とにっこりと従兄に笑いかけた。

「ガイウス、私は君のことを嫌いじゃないよ」

「はっ。光栄にございます」

「……君とは今まで通り良好な関係を築いたままでいたいな」

「ありがたき幸せ。不肖このガイウス、殿下の意に染まぬことはいたしますまい」

(は。どの口が。まあ、それは俺もか)

きびきびと何食わぬ顔で答える臣下に、アレンは薄く笑った。

笑顔というのは不思議なもので、眼に載せる彩り次第で優しくも冷たくもなる。その青の宿す酷薄さは、普段ラケシスに見せているものでも、『完璧な貴公子』と世間でもてはやされる類のものでもなかったが、残念ながら穏やかであるよう表情に気遣うべき相手はこの場にいない。

「どうしましたか殿下？」

メガネを押し上げて、わざと怪訝そうな眼差しを作って向けてくるガイウスに、アレンは「なんでも」と貼りつけたような笑みを返した。

5 三姉妹の夜の女子会

得意の薬糸魔術でアレンを癒してからというもの、ラスはよりいっそう、研究所内でアレンと一緒に過ごす時間が長くなった。

今まではルピナら他の研究職たちと一緒に摂ることもあった昼食や小休憩も、このところ、アレンとばかり摂っている――気がする。とりあえず、多忙な彼が研究所に滞在している時間は、そうだ。

(それはよくない気がする！)

しかし、そうなった原因は、大いにラス自身にもあるのだ。

安眠効果のあるお茶を渡すだとか、疲れがよく取れるように枕に入れるラベンダーのサシェを作ったからだとか、また薬糸魔術で彼の疲れを和らげたりとか。アレンから頼まれるから、働き詰めのその身が心配だから、などなど。あれこれと小賢しく理由をつけて、ラス自身が彼と一緒にいる時間を回避できていない。

(呪いの緩和のためには物理的に離れた方が絶対いいのに……！)

――ありがとう。ラケシス嬢と過ごしているとホッとするよ。

いちおう、何かにつけて避けようとしたこともあるのだが。アレンから、にっこり微笑んでそんなふうに言われてしまうと。ラスは結局ホワホワと絆されてしまい、次に同じ時間を過ごす約束を取り付けてしまう。

大体、アレンの笑顔というものが大変によろしくないと思う。

（……すごく綺麗な方ってことばかり、最初は気にしていたけど）

彼は案外、笑うと子どもっぽい印象になる。それは、この研究所で距離近く過ごすようになって初めてわかったことだ。

出会った時にも浴びた、いつもの「完璧王太子様！」という、いかにも隙のない笑顔も、もちろん素敵ではある。だが、雑談に興じていたりする瞬間に見せる、気を抜いた時のくしゃっと鼻頭に皺を寄せたどこかあどけない笑いかたが、ラスは好きだった。

（でも、あの笑顔でヒョイと懐に入ってこられてしまうと……ついつい言うことを聞いてしまうというか……）

男たらしの魔性のモイライなどと世に言うが、一族のはみ出しものの自覚のあるラスからすれば、アレンの方がよほど魔性だ。もちろん男たらしではなく、人たらしの。

（特に、あの方が好きだって自覚してからは、……ダメだなあ、私）

今日も今日とて間近で接し、聞き上手な彼に、夢中になって研究成果を話し。

王宮で与えられた自室に戻った後、ラスはしばし物思いに耽っていた。

考えてみれば、確かに樹海の自宅では遠いから通えないという理由は納得するものの、王宮主殿に自室を与えられているのがおかしいのである。

いちおう、研究所に勤めるもののための寮ならば城下にあり、基本的に、独身の職員はそこで暮らしている。

ラスも王宮を辞してそこに部屋をいただきたいとアレンには再三申し入れているのだが、毎度「そっか！」と明るく聞き流されて、なぜか現状維持のまま今に至る。改めて考えると、流すにしても返答が「そっか」だけとは果たして。もう少し真面目に理由を教えてくれてもいいのでは……。

（でも一番問題なのは……私自身が、あの方のお顔を見て、声を聞けることが、幸せだと感じてしまっていること）

ラスは知らなかった。好きな人と一緒に過ごす時間が、こんなに楽しくて、体ごとふわっと宙に舞うような心地を味わうものだと。

報われる可能性を見込むどころか、報われてはいけないのに。今この時の快さを、手放せないでいる。

所詮は今だけと、わかっているくせに。

（はあ……）

横道にそれかける思考を、ブルブルかぶりを振って追い払い。

ラスは金刺繍の縁取りがついた黒い制服を脱ぎ、部屋着に着替える。部屋着といっても、素材はやはり肌触りの良い練り絹で、ラスの瞳と同じ薄紫の地に、華やかな濃紫のリボンをいくつも飾り、スカート部にはタックがたっぷりととられた豪華なものだ。自分で着替えられるのはありがたいけれど、いつも「びりっ」といかないか不安になる。

入浴の時間になれば、「今日はカレンデュラの香料使いましょう！」とワクワク顔のミシェーラが迎えにきてくれるはずだ。びっくりするほどお仕事意識が高い彼女は、ラスの髪や肌をピカピカにすることに情熱を燃やしてくれている。彼女と同じ平民身分にすぎないラスには、なんとも恐縮で気恥ずかしく、申し訳なくもありがたいのだが──とりあえずそれまでは、考え事の時間としたい。

（私の無害化魔法と、薬香を組み合わせた、凶暴化した生き物たちを元に戻す魔術の研究。……もうすぐ、完成しそうなのよね）

ラスが王立魔術研究所に入りたかった理由の一つに、王都が悩まされている動植物の凶暴化病を鎮めるのに、自分の力が役立ちそうだったから──ということがある。

果たしてそれは見込み通りで、研究所に入ってからというもの、ラスはメキメキと実績を挙げていた。試薬を用いた無害化実験にも成功し、そろそろ市街地で実践投入できそうな段階に入っている。

（そうしたら、王宮どころか、私が研究所にいる理由も特にないし……）

アレンのそばにいるのはよくない。

彼のそばは居心地がいいけれど。それは所詮、呪いによる偽りの幸福だ。

（アレンさまのことを思うなら、そんな不誠実なことしちゃいけない……）

なんだかんだとずるずる甘え、彼が与えてくれる優しさを拒絶しない言い訳ばかりしてきた。

（本当、……ダメダメだわ）

研究にもう少し実用化の目処がたったら、今度こそ王宮を辞そう。じきにだ。そう、ラスは固く決意する。

ビロード張りの長椅子の端っこにちょこんと腰掛け、使いもしない表情筋をほぐすように両頬をムニッと揉むと、ラスはため息をつく。

誰もいないのに、豪奢な椅子やテーブルなどの調度をいまだに堂々と使えないのは、性根が小市民だからだろう。膝の上では、ここは我が定位置ぞと言わんばかりに、ロロが丸くなってくつろいでいる。

ミシェーラが来るまで、二刻ほどはあるだろうか。それまで気晴らしに、研究所から借りてきた魔術書で勉強でもして過ごそうか——と、ラスが思った瞬間だ。

眠っているはずのロロがふるっと髭をそよがせ、首をもたげた。

「ロロ？　どうしたの？」

眉根を寄せ、ラスがその黒い背を撫でたときだった。

――カタカタッ。

背後の窓ガラスが揺れ、かちゃん、と錠前の上がる音がする。

（あれ？　この窓は内鍵だから外からは開かないのに……）

ラスが不審に思う暇もなく、窓はキイッと細い軋みを上げて開いていった。

緋色のカーテンが夜風に巻き上がり、涼しい空気が部屋に吹き込む。夜空に浮かぶのは、皓々と輝く白い月。

そして、月を背にし、ほうきに各々横座りして宙を飛ぶ、二つの人影――

一つは、豪華な黒い巻き髪をたっぷりと背に流した、珊瑚色の唇も妖艶な美女。もう一つは、サラサラの黒髪を頭の左右で二つに結わえた、どこか危うく儚げな印象の美少女。

黒いドレスを身に纏った象牙色の肌が、月明かりに照り映える。

見覚えのありすぎるその二人に、ラスは思わず名を呼びかけていた。

「アトロポス大姉さま、クロト小姉さま⁉」

ラスの呼びかけを受け、双方ともほうきを窓に向けて滑らせると、順番に音もなく部屋に入ってきた。

絨毯に降り立つなり、先に相好を崩したのは、巻き髪の美女の方だ。

「ラァスぅー！　ひさしぶりぃい！　もう、元気にしてたぁ⁉　そうよぉ、あなたのアトロポスお姉ちゃんよう！」

太ももの際どいところまでスリットが入り、デコルテから眩しい胸の谷間が覗く、出るところの出て締まるところの締まった体にピッタリ沿う黒いドレス。色とりどりの魔石を飾った、つばびろの黒いとんがり帽。

華やかな目鼻立ちの魅力を最大限引き出す、青く色を載せた瞼や長いまつげ、濃い口紅。顔全体をぱあっと輝かせ、赤く塗った長い爪を伸ばして、モイライの長女アトロポスは、思いっきりラスに抱きついてきた。

「待っ、アトロポス大姉さ……むぎゅ」

「もうもうもうッ！　この子ったらちょっと見ない間に大きくなったわねえもう！　つい最近まで丸っとぺろっとパクッと一飲みできるくらいちっちゃかったのにぃ！　アタシの許可なく大きくなるなんて、可愛いじゃないの、このこのこのぅ！」

「さすがに、ひ、ひとのみできる……くらいではないと思います、大姉さま……」

ぎゅむぎゅむと抱きしめられながら思いっきり頬擦りされる。懐かしい姉の髪からは、ふわんと甘いリンデンの香水の匂いがした。

「あら、アトロポスお姉さまったらずるい。あたくしも可愛い末の妹と触れ合いたいのに、

独り占めは無しですのよ。うふふ。本当、久しぶりですわね、ラス。元気そうで安心しましたわ」

やや呆れ気味に後ろで長姉を窘めているのは、モイライの次女クロトだ。

こちらは長姉よりも清楚で控えめな印象を与える薄化粧に、レースの裾がふわりと広がる露出の少ない膝下丈の黒いドレス、白黒の横縞模様の長靴下を合わせ、踵の高い靴を履いている。頭の脇の高い位置で二つに結わくのは、彼女が好む髪型だった。

淡く花咲くように口元に笑みを刷いた次姉は、どこか陰のある美しさを持つ。真っ直ぐな黒髪が、彼女が頭を揺らすごとにさらりと揺れた。

「クロト小姉さま……!」

歳が離れすぎた姉たちの登場に、ラスは頬を紅潮させつつ、ただ驚くばかりだ。

人間と同じ時を過ごす半魔のラスと違い、姉二人は長い時を生きる純血の魔女である。

現に、アトロポスは二十歳そこそこ、クロトはラスと同じくらいにしか見えないが、長姉は実年齢五十歳、次姉は四十歳である。それもアトロポスに至っては「五十から先は数えるのやめたわ」と本人が言っていたので、本当かわからない。

どちらともモイライの血に恥じぬ優秀な魔女で、一族の証である鮮やかな紫の瞳と艶やかなカラスの濡羽色の髪を持っている。

(私のところに二人が来るってことは……)

「お姉さまたち、今日はどうされたんですか？　……えっと、……ひ、人死には出てませんよね……？」

　ぎゅうぎゅうと容赦ないアトロポスの抱擁から四苦八苦して抜け出しつつ、ラスは恐る恐る尋ねてみた。

　アトロポスはこの問いかけにキョトンとすると、一拍置いて、ぽってりした唇を開けて大笑いした。

「あははは！　ヤァだ出てない出てない、出てないわよう今回は！」

「今回は、ってことは。何かあったにはあったんですか……」

　ぎょっとするラスに、アトロポスは「いやぁ、別に大したことじゃないのよう」と手を振ってみせる。

「ちょっと魔術の材料調達も兼ねて南方に出てたんだけどね？　そこで仲良くなったオトコが五、六人？　七人？　いてぇ、ついでにみんなアタシが好きだっていうからぁ。全員と同時進行で付き合ってたのよぅ」

「あら、いやだ。アトロポスお姉さまったら……あたくしかねて、お付き合いは一回につき一人に絞りなさいなと勧めておりますのに」

「えー？　相変わらずクロトはおカタイんだからぁ。ただでさえ人間の男は寿命短くて死にやすいのよ？　順繰りに付き合ってたら後ろのほうは逃しちゃうわよぉ。もったいない。昔から言うじゃない、みんな違ってみんなイイって」

「なんか違う気がします……ええとそれで……？」

青ざめてこわごわと続きを促すラスに、アトロポスは呵々と笑って激白した。

「まー、しばらく数股かけててもバレなかったんだけどぉ。ちょおっとヘマったっていうか？　手違いで全員一堂に会しちゃって、そこから血祭りお祭り大騒ぎの刃傷沙汰に」

「それでよく人死に出ませんでしたね⁉」

「全員一気に魔法で眠らせて別々の場所に転送しといたからねぇ」

そんなことに魔力消費の激しい大魔法をよくも……という突っ込みを飲み込みつつ額を押さえるラスの隣で、次姉のクロトがふんと鼻を鳴らす。

「アトロポスお姉さまは、相変わらず見境のないこと。そんな話をして、うぶなラスに変な影響があったらどうなさいますの」

「あらそお？　でもそういうクロトだってぇ、東方で男ばかりの練丹術研究機関に潜り込んで、片っ端から誘惑して遊んでたところでしょお。所詮アタシの相手は無関係同士だもん、そっちのほうがよっぽどえぐいじゃなぁい。今までいくつ集団の結束を乱してきたのよ。男同士の友情ばっかり狙ってヒビ入れて楽しむの、悪趣味よぉ」

「そんなこともありましたわねえ。……でも、彼らの反応はちょっと斬新でしたのよ。『もう俺たちは女になんて期待しない！』とひとしきり憤慨して涙に暮れたのち、今後は煩悩を捨てて筋肉を磨く道を究めるとかで、全員ムキムキになって連れ立って秘境で滝に打たれに……あれ、結局どうなったのかしら。急に気になってきましたわね。もう昔のことすぎて忘れてしまっていたけれど」

「……お姉さまたち、お変わりなく……お元気そうで……」

そちらはそちらでよく人死にが出なかったものだ。

昔と同じくあけすけな姉たちに、ラスは真っ赤に染まった顔を両手で覆い、固まった。

（お会いできたのは嬉しいけれど！　アトロポス大姉さまもクロト小姉さまもほんと……なんていうか、ほんと……！）

思わず視線を泳がせる。

なにせ、姉たちは二人とも、恋多き女が多いモイライの権化そのもので、揃って放浪気質があり、酒癖も男癖も悪い。

あっちこっちで失恋したり、数股十数股かけてド修羅場に発展しては、都度ラスのところに逃げ込んでくる困ったお姉さまたちなのだ。

「心配しなくても、今回は可愛い末妹の顔を見に来ただけよぅ。アッ猫吸わせてよ猫」

「吸ゥウ！」

「ぎにゃー！」

許可を得る前から手近にいたロロをひっ捕まえて、もふもふした黒い腹に顔を埋めていく姉たちに、小さな使い魔が抗議の鳴き声を上げている。が、斟酌される様子はなかった。

「お土産に、珍しいお酒いっぱい持ってきたから今夜は飲むわよぅ！　見て見て、南方の果実酒！　鳳梨酒っていうのぉ、ドラゴンみたいな黄色い鱗のついた果物から造ってるんですってぇ。あとアプリコットのリキュールと、白糖蜜酒っていう度数のすごいの。たっかかったんだからぁ」

「あたくしは、極東の島国のお菓子で、砂糖と餅米を練って葉に包んで蒸したものを持ってきたわ。チマキというのだとか」

「気が利かないわねえクロトは。酒のツマミなら辛いものがよかったわぁ。同じチマキでも大陸製で竹の皮に包んでいるやつなら、たしかしょっぱかったじゃない」

「知りませんわよアトロポスお姉さまの趣味なんて。あたくしはどこかの酔っ払いではなくて、可愛いラスに買ってきたの」

「………アトロポス大姉さま。職場でいただいた、お砂糖使っていないビスケットとブルーチーズがありますけど、召し上がります？　えっと、クロト小姉さまには、お紅茶淹れますね……」

「きゃーラス！　大好きよ！」

「ありがとう、いただきますわね。まあ、お菓子を食べたらお酒はあたくしもいただくんだけれどね」

「はい」

倫理観は独特だが、それぞれ末妹の自分を大事に思って可愛がってくれるアトロポスとクロトのことが、ラスは大好きだ。

「でも、お二人とも。よく私がここにいるってわかりましたね」

棚から食器類を取り出し、見るからに高級そうな白磁の皿におっかなびっくり、ビスケットやチーズ、常備されているが手をつけてこなかったナッツ類をもりつける。次姉用の紅茶も準備しながら、ラスは何気なく二人に問いかけてみた。

「……？」

すると、しばらく沈黙が返ってくる。

「……えと……お姉さまたち……？」

ちょっと不安になってラスが顔を上げると、それぞれ種類の違う美人の姉二人は、揃って同じようににんまりとした笑みを浮かべていた。

「うふふ聞いたわよラス！　レヴェナントの王太子をオトしたんですって⁉　爆裂玉の輿じゃなーい！」

「我らが妹ながらやりますわね！　あなたったら引っ込み思案だから、これでも心配していましたのよ」

次いで放たれた言葉に、ラスは危うく紅茶を注ぎながらポットを取り落とすところだった。

「エッ……」

青ざめて絶句するラスをよそに、姉たちは先ほどの険悪なじゃれあいもなんのその、「ッシャー！　我らが末妹の未来に乾杯イェーイ」「本当……まさか一族からレヴェナント王太子妃が出るなんてね。ゆくゆくは王妃ですものね」「うまッ、酒うまっ」「猫も吸お猫も」「ごにゃあー！」と勝手に盛り上がっている。

「お、お、……お姉さまたち、どこでそれを……」

「え？　壁に耳あり窓に目あり、場合によっちゃ天井に口もありっていうじゃないのぉ、昔から」

「ええそうですわね。逆に、どうして知らないと思ったの？」

「…………」

注ぎ合うでもなく手酌でゴブレットに各々好きな酒を満たしながら、姉二人は当然のように返してくる。一滴も入っていないはずなのに、ラスのほうが頭が痛くなってきた。

「あの、期待していただいているところ申し訳ないのですが。私……玉の輿には乗りませんよ？」

（というか、よく考えたら言葉に出して告白されたわけでもないし、乗りようがないのでは……）

　おずおずと切り出すと、まずは表情豊かなアトロポスが、紅唇を曲げて酢を飲んだような顔をした。

「ええっ？　なんで？」

「まあでもあたくしにはわかりますわよ。玉の輿なんていっても、王族は制約がきつそう。それよりは自由に恋を楽しみたいですものね」

　したり顔で別方面の納得をしているクロトにも「違います」と真顔で否定を述べておく。

「でも、アレン殿下はあなたのために、王宮の中にこんなすごいお部屋を用意して、衣食住の面倒を見て、朝から晩まで監視の目を光らせておいでなのでしょう？　好きな人の全てを支配したい……。それは立派な束縛の愛ですわよ」

「……クロト小姉さま、言い方……いえ、言い方というか、根本的に違います！」

「えー？　クロトのいう束縛云々ってのはさておき、アタシも愛だと思うけどなあ。ほんと、どっからともなくだけど、アタシたちも色々聞いてはいるのよぉ？　王立魔術研究所、アレン殿下の代で業績がかなり躍進して、入所の難易度も上がってるみたいだけどぉ。あなたその難関に特例ですいっと入れちゃったんでしょ？」

「それは私の無害化魔法が好都合だったからで……！　って、ええと。そうじゃなくて！　たしかにアレン殿下は、研究所外でもよくしてくださってますけど、それはお優しい方だからで……！」

「よくしてって？　どんな？」

やぶへびだったかなと思いつつ、そろって興味津々に尋ねてくる姉二人に、ラスはうっとたじろぐ。

「それは……研究所の仕事の時ばかりじゃなくて、王宮にいる時も、色々教えてくださる教師の方を呼んでくださったり……」

王宮内で食客として生活するにあたって、身繕い一つですら戸惑いびくついていたラスが、不必要に怯えずにいられるためだろう。最近アレンは、研究所での仕事のない空き時間に、宮廷の作法やレヴェナントの歴史など、さまざまなことを教えてくれる講師をラスに数名つけてくれた。

先生方は、どうも本来は王族の育成に携わるような高名な方々らしく。勉強は難しかったり厳しかったりすることもあるが、根本にあるのはアレンの心づくしだし、彼らはいずれも教育熱心で、何より新しいことを学ぶのは楽しい。そういうわけで、ラスもありがたく恩恵にあずかっている。

そう言うと、アトロポスは微妙な反応をした。

「ええとぉ……ラスぅ、……？　あなた気づいてるか知らないけど、それってどう考えてもお妃教育……いいえ、なんでもないわぁ。あなたは昔から真面目で、そういうところもアタシは好きよ」

「？　はい。私もアトロポス大姉さまが好きです。クロト小姉さまも」

「うふふ、あたくしも好きよ、ラス。ねえねえ、他には？　アレン殿下に絶賛埋められ中の外堀……じゃなくて殿下のくださるご配慮にはどんなものがあるんですの？」

アトロポスに「まったくアタシたちの妹はニブ可愛いわねえっ！」とちゅうちゅう頰を吸われるラスに向け、クロトが興味深そうに質問を重ねる。

（ご配慮……というか）

「あ、はい。それが……先日、僭越ながら国王陛下に拝謁賜りました」

アレンは「父上が、研究所で大きな成果を挙げている新人さんに会ってみたいと望んでいてね」と言っていたが、あれも、一生のうちに国王に会う機会なんてあるかないかわからない平民の自分への気配りだったのだろう。たぶん。

「ゼラム陛下は威厳があって、でも気さくなかたで。緊張したけど、『息子をよろしくな』と一研究員には過ぎたお声がけもいただいたので、恐縮でした」

「あらそ、もういきなり自分の父親に紹介……そう……」

ラスの言葉に、なぜかクロトは遠い目をした。

「そういえばアレンさま、逆にお姉さまたちにも一度お会いしたいとおっしゃっていました」

「そうねぇ、それはぜひ、性根を見極め……じゃなくて会わないとねぇ」

「そうですわね、本当にね。ふふ、それはそれは念入りに、じっくりねっとりお話をさせていただかなくてはだもの……」

なんだろう。姉たちの笑顔がちょっと怖い。

だんだん本題からあまりにも話が逸れていくので。こめかみを軽く押さえながら、ラスはキッパリと断言した。

「とにかく！　話した通り、今いただいているご配慮はひとえにアレンさまがお優しいから受けられているものだし、もし……アレンさまが、万が一にも……ええと、私のことを愛……好っ……す……私には過ぎたそのようなあれ的な感情をお持ちくださっているのだとしても！　私はそれに応じるわけにはいかないです」

「なんでー⁉」

ラスの言葉に、左右から姉二人が声をそろえた。表情も同じで息がぴったりだ。

（なんでって！）

虚を衝かれたラスは一瞬黙り込むと、すぐに叫んでいた。

「だって……お姉さまたちもご存じでしょう。王家にかかった、メーディア大おばあさまの溺愛の呪いの話は！」

思ったより大きな声が出て、ラスは自分で驚いた。

「は？　溺愛の……呪いぃ？」

やがて、アトロポスが紅い唇をひん曲げて、さも「初耳です」と言わんばかりの反応をするので。

「そうです！　って、大姉さまってば今更何を⁉」

「だーってぇ、なんか問題なのぉ？」

「問題大ありでしょう⁉」

続く言葉にも、いちいちラスの返事は悲鳴のようになってしまった。

「よ、要するに、アレンさまは私にすごく良くしてくださるけど……ひょっとしなくてもそれは、あの方の優しさだけじゃなく血筋にかけられた呪いが根幹にあって、アレンさまの本意じゃないはずなので……！　だから私は、あの方のお気持ちを操って蔑ろにするのは嫌で……！」

「ふぅん？」

長椅子のふかふかな背もたれに思いっきり身を沈めて、目のやり場に困るような眩しいおみ足を組んでいたアトロポスは、必死に言い募る末妹の様子に、ニッと唇の端を吊り上げた。

「……ラスぅ。あなた、ほーんとに、アレン殿下のことが大好きなのねぇ……」

「はっ……え⁉」

しみじみと舌の上で味わうようにそう言われ、ラスは一拍、動きが止まる。

「な、なな、何を急におっしゃるんです……」

「やぁだ、違うのぉ？」

「……ちがっ……わないぃ……です」

やがて、ボフッと頬を夕焼け色に染め上げた妹に、アトロポスは「素直でよろしい」と嬉しげに黒髪を指先に巻き付けた。そんな仕草は、実の姉といえど、どきどきするほど色っぽい。話題が話題だから、でもあるが。

「そ、そ、そうです！　報われないし、それ以前に報われたらダメだし、お慕いするの自体がとても不遜なことだってわかってるけど！　でも、好きになっちゃった、……から」

半ばやけになってラスは全肯定した。

思えば、アレンへのほのかな想いを自覚してから、それを誰かにこうして言葉にして伝えるのは初めてだ。声に出してしまうとだんだん恥ずかしさが増してきて、ラスときたらもう、頭のてっぺんから湯気を噴きそうな塩梅である。

「だからこそ、アレンさまの意思を尊重したいんです。呪いさえなければ、私なんか相手にされるはずがないし、それどころか視界にすら入らない。どうせ振られるのでも、……それがわかっていても……好きな人の本当の気持ちを縛ったり、無下にしたままで、いたくないので」

「本当の気持ちって」

　そこで、しばらく黙ったまま強い酒のチェイサー代わりに紅茶を啜っていたクロトが、呆れたように口を挟んだ。

「おばかさんですわねえ、ラスったら。そもそも何を言っているのやらですわよ。その呪いったって、実は……」

「しーっ！　クロト！」

　そのままクロトが何か続けて言おうとするのを、不意にアトロポスが止めた。

「あらいやだお姉さまったら、どうして止めるの。それこそ今更じゃなくて？」

「何言ってるのよぉ、絶対黙ってたほうが楽しいでしょ！　だってラスはほら……アタシたちモイライの、突然変異だから」

「あ、そうでしたわね。突然変異」

「そうそう突然変異」

そのまま何やらヒソヒソと小声で会話を交わしているので、ラスは「？」と眉をひそめた。なんとなく嫌な予感がする。

「あの？　お姉さまたち？　私が、どうかしたんですか……？」

「えへへ、なんでもなぁい！」

「なんでもございませんことよう！」

恐る恐る声をかけると、二人揃って不自然なくらいの麗しい笑顔でお返事がきた。著しく怪しい。が、こういう時の姉たちは、ラスの経験上、何を尋ねても答えてくれない。

「……そうですか？」

不信感を声に滲ませつつ引き下がったラスに向け、「それより」とアトロポスがずいっと身を乗り出した。

「ラスは気にならないのぉ？　溺愛の呪いがかかっているんだとしても、アレン殿下から、あなたへの気持ちがどんなものか、はっきり言葉にしてもらったことはないんでしょお？」

「え？　あ、……はい」

それはその通りである。

（だからこそ悩んでいるのもある、というか）

アレンはラスを王宮に招き、研究所で雇い、私生活でも仕事でもあり得ないほど丁重に遇してくれる。

確実に溺愛の呪いのなせるわざだとは思うのだが、かといって彼自身からラスに向けた「好きだ」とか「愛している」という類の言葉は、まだ一度も聞いていないのである。

（そこが一縷の望みでもあり、怖いことでもあるっていうか……）

自然と眉根を寄せてしまいつつ、ラスは改めて、己と彼の現状を見つめ直す。

どうして自分は、アレンに気持ちの所在を尋ね、「あなたは呪いにかけられていますよね」と確かめることから、逃げ続けてしまっているのか。その理由を。

（もしも彼が私に対して「好き」と言えば、それは完全に溺愛の呪いのせい。そして、もしも「好きなわけではない」と言えば、私のことは別になんとも思っていなくて。手厚く扱ってくださるのには、何か事情が……嫌な言い方をすれば、裏がある。前にルピナさんも、そんなことを言っていた気がするし……）

想いが通じれば呪い。

通じていなければ失恋。

どちらに転んでも絶望しかない。この恋は、始まった瞬間から不毛なのだ。

（でも）

「……そうですよね。いつまでも逃げ続けてるなんて、よくないですよね」

親しんだ姉二人に自分の想いをきちんと言葉にして話しているうちに、ラスはだんだん、気持ちの整理がついてきた。

（実際これが呪いだとしたら、私がぐずぐず悩んで結論を先延ばしにしている間に、アレンさまが意思を不本意に歪められている時間が長くなってしまうということ……だもの）

好きになった相手に、そんな理不尽を強いているなんて状況、看過していてはいけない。

当たれば当たるだけ、砕けるしかない恋だけれど。

「アトロポス大姉さま。クロト小姉さま。ありがとうございます。私、……ちゃんとアレンさまに気持ちを聞いて、真正面から砕け散ってきます！」

そして、もしも呪いの結果なのだとしたら。

（あのかたを、一刻も早くしがらみから解放する方法を探したい）

大魔女のかけた二百年越しの呪いなんて、かなり厄介なしろものだけれど。両手で拳を作り、「やるぞっ」と気合いを入れる末妹に、アトロポスとクロトは「ん？　なんでそんな結論になったかな？」「さあ……？」と首を傾げていたが、とりあえずラスの元気が出たならよしで済ませることにしたようだ。

「ラスがいいならいいわよぅ！　なんかよくわかんないけど飲みましょ！」

この部屋に入ってから、クロトが防音魔法でしっかり部屋を囲ってくれているとのことで、それ以降はラスも、再開した姉たちの武勇伝にところどころ赤くなったり青くなったりしながら耳を傾け（かたむ）つつ、彼女たちの酒盛りを見守った。

「あ、そうだお姉さまがた。そういえばそろそろ、ミシェーラ……身の回りのお世話をしてくださる方が来てくれるはずなんです。私、お片付けをしなくては」

「はぁい！　じゃ、アタシたちはお暇（いとま）するけど。がんばってねぇラス！　女は度胸、何人相手だろうと恋はいつでもタイマン勝負よ！」

「え、は、はいっ……？」

「ホラ景気付けに猫（ねこ）キメてきな猫！」

「ぐにゃー!!」

名残惜（なごりお）しいがきりのいいところで姉たちに退出をお願いすると、アトロポスが応援（おうえん）がてら、片手で黒猫を掴（つか）んでやれ吸えそれ吸えと顔に押し付けてくれた。

勧められているもののいちおうラスの使い魔である。気持ちはありがたいが、「かわいそうなのでダメな持ち方をしないでください」と、ラスは控えめに抗議しておいた。

6 祝祭の告白

と、いうわけで。

——翌日、さっそくラスは意を決してアレンのいる所長室を訪い、執務机にいる彼に向かって開口一番切り出した。

「あの、アレンさま！　私、アレンさまに大切なお話があって……！」

「ん？　却下」

「!?　……は、……はい!?　まだ何も申し上げてません！」

「……あ、ごめんラケシス嬢。なんか無性に、俺に都合のよくないことを言われる気がして反射的にうっかりと。で、なんだろう？」

「え、え、えっと……」

ただでさえ勇気のいる内容の話だったのに、出鼻をくじかれて、ラスはかあっと頭に血を上らせた。

革張りの椅子にゆったりと掛け、マホガニーの机に積まれた研究報告書や決裁の類を確認していたらしいアレンは、そんなラスの様子にくしゃっと相好を崩した。ラスの好きな、少年の笑み。

「まあ、俺も君に話があったから、ちょうどいいかも」

「……？　私に話、ですか？」

「うん。まあでも、俺のはそんなに大した内容じゃないんだ。王都の中心部で毎年開催される春の仮装祭りは、君もよく知っていると思うけど……」

（あ。そういえば、もうそんな時季）

春の暮れに開催される仮装祭りは、レヴェナントの季節の祝祭の中でも、とりわけ大規模なものの一つ。

王都の民たちは、生花をあしらった仮面をそれぞれ手作りして、花輪を首や頭にかけて夜通し踊りあかす。特別なごちそうや酒の屋台が立ち並び、楽隊が奏でる軽快な調べが、市街地全てを覆いつくす。

（私は樹海住まいだし、怖がりだから、今まであまり参加したことはなかったけど。近所の下町で行われている分祭を遠目にちらっと見たことなら……）

友達がいないことも不参加理由の大きな一つだったが、今年は研究所で親しくなった面々もできた。赤毛の魔女ルピナは頼りになるお姉さん格で、一番の仲良しだ。私生活の方ではミシェーラもあれこれ可愛がってくれるので、勝手ながら友達に数えさせていただいてよいものか。

（そういえば私、……初めてロロ以外のお友達もできたんだ。この方のおかげで）

ふとその事実に気づいて、改めてぽわぽわと快いあたたかさを胸に感じつつ、「お祭り、楽しみですね」とラスは少し先の未来に心を馳せた。

とはいえ、途中で気づくことがあり、「あ」と口元を押さえる。

「失礼いたしました。アレンさまは王太子殿下ですから、準備だったり、お忙しくてきっと楽しいばかりではないですよね。軽率にすみません……」

「確かに俺は主催者側だから、当日も挨拶まわりやら何やらあるけど……時間をどうにかこじあけるから、よかったら祭りの見物に付き合ってくれないかな？」

「はい、……は？　はいぃぃい⁉」

ごくさらりと、アレンから爆弾とも言える提案がきて、ラスは声が裏返った。

（話って、まさかそのこと⁉）

「え、あ、……あ！　研究所の皆さんとか、お付きの方も一緒に……？」

「いや、君と俺の二人で」

「ふたりで」

（アレンさまと⁉　二人で⁉　お祭り見物を⁉）

ラスはとにかく混乱した。

「お忍びと言っても、もちろん護衛はつくけど、あまり気にせず過ごせるように取り計らうよ。……迷惑かな？」

「迷惑じゃないです！」

思わず即答してしまって、ラスは自分で慌てた。

「め、迷惑なんてめっそうも……！　逆に申し訳ないのではというか、私なんかでは大役に力不足というか……」

「なんかじゃなくて、君がいいんだ。じゃあ決まりで。また詳細詰めよう。俺からの話はそこでするから、君の話もそこで聞いていい？」

（あ、話はまた別件なんだ……⁉）

そんなふうに流れを向けられては、ラスはもう、「はい……」と答えるしかなかった。

なにせ相手とは社交力に天地の差があるのである。

とはいえ、彼と一緒に過ごす時間を作ってもらえるのは、純粋に嬉しく、心臓がさざめいた。しかも、二人で、なんて。

（そうだ。私……もう間もなく王宮を辞すのだもの。あと少しの猶予で、ほんのちょっとだけ、素敵な思い出が作れたらなんて……願うのは、贅沢かな）

しかし、のちにラスは、改めて絶望を突きつけられることとなる。

「好きだよ、ラケシス嬢」

アレンからその言葉を聞かされたのは、「あと少しの猶予」を願った、その祝祭でのことだったから――

王宮に来てからというもの、ラスは基本的に、本棟にあたる宮殿部と、途中から勤め始めた王立魔術研究所にしか出入りしていない。

よって、祝祭の当日。

（そういえば、おでかけなんて初めて。それもアレンさまと）

朝からラスはソワソワしていた。

身支度を手伝いに来てくれたミシェーラに、「今日はお忍びと聞いていますから、あまり目立たないドレスにいたしますね」と言われ、お決まりの赤いリボンを髪に巻かれて、素朴な意匠の萌黄色の木綿のドレスを着せつけてもらう。優しい色合いのそれは「普段使い」と言われつつ繊細な凝った作りで、裾に白い飾り編みの花が縫い付けられている。

（いけないいけないいけない。気を引き締めないと。話もしなくちゃ……）

背中でレースアップにされた白い飾り紐が、きゅっと腰を締める感触に、今日のことを思って少しだけ緊張した。

「わあっ！」

——花の壁。

王都セメレ中心部の市街地に出たラスが真っ先に思い浮かべたのは、そんな言葉だ。

その日、アレンに自由な時間ができたのは夕方近くになってからだった。昼の青空が次第に赤みを増し、茜色に変わりゆくころ、ラスは彼に連れられて祭りの現場に降り立った。

ライムストーン製が多い石造りの家々が並ぶ王都中心部の街並みは、ラスが出入りしていた下町より、建物もずっと大きく立派で、舗装された路地も一つ一つが大通りのように広々としている。

そして、その窓辺という窓辺、並木道の脇石の上に、溢れんばかりの生花が飾られているのだ。家々の上階からはさらに無数の紐が地面に向かって伸び、そこにも花がからめられている。まるで、街全体が花の壁に覆われたようだ。

普段は馬車や荷馬車が忙しく行き交う表通りも、今日ばかりは人々のために開かれ、所狭しと簡易造りの露店が並んでいた。露台にはスパイスと一緒に甘く煮た果物、蜂蜜酒、ソーセージや羊肉の煮込み、揚げパンなどの屋台お決まりの品々がずらりと勢揃いし、美味しそうな香りが漂ってくる。

あちこちに設けられた仮設舞台では、頭に花輪を載せ、動物を象った面をつけた女性たちが、極薄の紗をくるくると宙に遊ばせ、華やかな舞を披露していた。

(色が、……色の、洪水みたい。すごい)

どこを見ても目に飛び込んでくる花は色とりどりだ。赤やオレンジ、黄に緑、白に紫。そこに、春の妖精を模した彩り鮮やかな仮装をまとった人々が行き交う。

軽やかな音楽に乗せて、楽しげな歌声や手拍子がそこかしこから響き、笑いの花も咲く。夕暮れ時になったためか、魔石の街灯がポッポッと灯され、昼と夜のあわいの瞬間をいっそう幻想的に見せていた。

「すごい。すごく、人がたくさんで、楽しそうで……！　あの、すごいです……！」

どうにか感動を伝えようとするのだが、語彙がバカになってしまったようだ。隣を歩くアレンを、ラスは紅潮した頬のまま見上げた。

「気に入った？」

「とても！」

「良かった。ラケシス嬢は、仮装祭りの時、この辺りまではあまり来たことがなかったんだっけ？」

「あ、はいっ。……下町の小規模なお祭りは、少しだけ見物することもありましたが、それもあまりたくさんは」

祝祭の時期は春。恋(こい)の季節でもあるからして、姉たちはそれぞれ狩(か)りに出向いていて、ラスは毎年一人だった。

ロロだけをお供に賑(にぎ)やかなお祭りに行くと、なんだか寂(さび)しい気持ちになってしまい。ろくに屋台のご馳走(ちそう)も食べず、そそくさと退散することが多かったものだ。

何より、隣にアレンがいてくれるだけで、ふわふわと心が浮き立つ。歩いていても、まるで雲を踏(ふ)んでいるかのよう。

「初めてです。こんなの。私……知らなかった、すごい。こんなに楽しいお祭りだったんですね」

胸にロロを抱(だ)いたまま、語順もしっちゃかめっちゃかになりつつ興奮気味に伝えると、アレンは軽く目を瞠(みは)り、「そう」と微笑(ほほえ)んだ。柔(やわ)らかな声音(こわね)とその眼差(まなざ)しに、ラスの心臓がとく、と小さく音を立てる。

今日の彼は、お忍びらしく、いつもの白い絹の衣装(いしょう)ではなく、地味な木綿のシャツに革(かわ)のジレ、黒の脚衣(きゃくい)を身につけている。ただ、顔立ちや色彩(しきさい)はどうしたって目立つので、頭部には、目元が隠(かく)れる面隠し布を念のためと巻いていた。それでもどこか神々(こうごう)しい感じがするのだから、王子様というのはつくづく「すごい」ものだと思う。

そのアレンと、二人で王都の祝祭見物。

——たぶん、彼と出会う前、樹海で一人暮らししていた自分に言っても、信じてもらえない話だろう。改めて考えると、ぼうっと頭がのぼせる。

魔石灯に交じって焚かれた篝火、屋台の調理のための炎、人いきれ、そうした諸々を理由にしても、ひどく頭の芯が熱を帯びていて。

夢心地とでもいうものか。それを言うならアレンに連れられて王宮に来てから、ラスはずっと、非現実的な非日常の中にいるのだ。

（……もちろん、正確には二人だけではないけど！）

アレンからも事前に紹介を受けているが、今も少し離れた場所に、近衛騎士団の兵士たちが常時張り付いては護衛を務めてくれている。それなりの人数がいるのだが、「あまり物々しくしては民を不安がらせるし、お忍びの意味がないから」という説明通り、皆目立たぬようこっそり息を潜めてくれており、その堅実なお仕事ぶりに頭が下がる。

そしてアレンからは、「危険があるといけないから、決して自分から離れないように」と言い含められているラスだ。

こういう場合、もしも万が一「お命頂戴！」などと狼藉者が襲いかかってくるとすれば、それはアレン目当てなのだろうから、平民の魔女なんかに気を遣わなくても……とラスなどは思うのだが。「その場合は、私もアレンさまを守らないと」と奮起して、大人しく顎を引いたものだ。

（でも！　これは！）

離れないで、という言葉に頷きはしたが。

ついつい、ラスはちらりと己の右手に目を落とす。

――アレンの左手と、しっかり繋ぎ合わされたそれに。

(わーん！　緊張する……！)

彼の体温はラスよりもやや低く、ひんやりとして気持ちがいい。

(確かに繋いでいたらはぐれないけど！　私、て、て、手汗とかかいてたらどうしよう……やけに汁っぽい女だと内心嫌がられてたら……！)

鼓動が速まるとさらに体温が上がる。ラスの心はさっきから焦るやら気恥ずかしいやら恐れ多いやら、……でもやっぱり嬉しいやらで。感情が嵐のようだった。

そして、以前見とれた長い指が、実は意外に節ばって、剣だこのある、思ったよりも力強いものであることに。新たに知ったその差に、さらに頬に血が上る。

「そろそろ、そこの広場で花魔術の舞台があるはずなんだ。見ていかない？」

考え事に現を抜かしていたら、アレンからそんな誘いを受け、ラスは首を傾げた。

「花魔術、……ですか？」

「うん。春の祝祭でも、中心部でしかやらない出し物だからね。ラケシス嬢があまりこの辺りに来たことがないんだったら、きっと珍しいよ」

誘いを受けて、初めて聞く響きにラスは思案を巡らせる。

（花魔術、っていうからには……花属性の魔術？　薬効のある花を治療媒体に使う薬花魔術なら聞き覚えがあるけど、舞台で見るものでもないし……）

彼が、繋いでいない方の手で前方を示すので、つられて視線をそちらに向けてみる。

気づけば大きな噴水広場の前に差し掛かっており、奥に設えられた高座の舞台が、ラスからも窺えた。

中央には二本の柱が高くそびえており、真ん中に粗く編まれた幅広の布が渡されている。ちょうど、巨大な上り旗のような塩梅だ。下からは篝火が明るく表面を照らしていた。

やがて、「始まるぞ！」というざわめきと共に、周囲にたくさんの人が集まってくる。みんな同じように舞台を凝視しているので、その花魔術がお目当てなのだろう。

――と。

楽隊の奏でる調子がしっとりとしたものに変わり、横笛の音がひときわ高く鳴った時。

布の表面に、不思議な変化が起きた。

（わ、……！）

薔薇、プリムラ、チューリップ、マリーゴールド、ひなげし。白、黄色、橙、赤。下方から少しずつ、明るい色彩を持つ花々が、まるでその場で織り上げられるように、布の表面を覆っていくのだ。

やがて伝い上る花々は、それぞれの色で雷槍と狼で示されるレヴェナント王家の紋章を描きながら、布のてっぺんまで咲き誇った。粗い布目の一枚布は、あっという間に細緻に彩られた花の絵画になる。

「すごい……！　あのっ！　すごいです‼」

気づけばラスは、アレンを見上げながら、興奮のあまり何度も繰り返していた。

「すごいすごい、魔法みたい！　いえ魔法なんですけど……あの、とにかく、すごくて！　綺麗で……！」

どれだけ感動しただとか、本当に素敵だったのだとか。どうにかして心のままに伝えたいのだが、やはり「すごい」しか言葉が出ず。あんまりに語彙力が足りないので、だんだんラスは情けなくなってきた。

（うう……）

ひきこもりで人に接してこなかったツケともいうべき、会話での瞬発力の足りなさが悔やまれる。なんだか恥ずかしくもなってきて、涙を瞳に滲ませてしまうラスの肩を、アレンがそっと叩いた。

「気に入ってもらえたなら良かったよ」

「はい。……すごく。すごく、です」

噛み締めるように何度も頷くと、アレンは口元に人差し指を当て、目を細めた。ネオンブルーアパタイトが、わずかに悪戯っぽい色を帯びる。

「実はこれ、うちの研究所の技術支援でやっている出し物なんだ」

「え？」

「特に魔女が中心になって回している恒例行事でね。研究所の宣伝と魔女への偏見払拭、日ごろの成果の披露なんかを兼ねているんだよ。所長としては、楽しみ半分緊張半分な催しだけど。今年のも成功してよかった」

（そうだったんだ……！）

改めて、万感の思いを込めて、夕闇に浮かぶ巨大な花の絨毯を見上げてみる。

（私も関わらせていただいている研究所の魔術が、こんなところでも……）

美しいそれを眺めているうちに、ラスは別の意味でもじわっと目頭が熱くなってきた。

なぜなら、こんなふうに王都中心部の大きな祝祭に参加するのも初めてなら、その楽しさを、こうして誰かと一緒に分かち合うのも初めて。

（それだけじゃない）

王宮に突然連れ去られた時は驚いたけれど。

華やかなドレスを着るのも、あんな素敵な部屋で過ごすのも初めてではあったけれど、それはどちらかというと恐縮だったり怯えだったり、で。本当に胸に残っているのは、少しばかり別のこと。

（ミシェーラやルピナさんたちをはじめ、たくさんの人と関わりが持てた。ロロ以外に……お友達、ができた。このかたも、私の魔法に興味を持って、魔術の話を真剣に聞いてくれて……一緒に過ごす時間が、楽しくて。好きで)

——この人が、好きで。

姉たち以外の人と過ごす日常の温かさも、誰かの役に立てたと実感した時の充足感も。胸を甘く焦がす恋の切なさも。誰かを想って悩んだり迷ったり、嬉しくなったり落胆したり、幸せな気持ちになったり、一喜一憂する高揚も。

みんな、アレンが与えてくれたもの。

それが呪いの結果だったとしても。彼にもらったものは、もう腕いっぱいにでも抱えきれない。

「ありがとうございます。アレンさま」

このところの慌ただしくも楽しく新鮮な日々を、思い返して。次第に頬の強張りが解け、口元が緩む。

「私、あなたに本当にたくさんのものをいただいています。どれだけ恩を返したらいいのかわからない。私、私……」

気づけばラスは、淡紫の眼からぽろっと透明な雫をこぼしそうになりながらも、微笑んでいた。

「……あなたのお役に立ちたいです」

だからどうか。

その先の願いは、声に出せない。彼の話についての不吉な予想が、どうかどうか外れますように。

(私を好きとは、おっしゃらないで)

呪いで彼の心を縛っているだけなのだと裏付ける、そのひと言さえ聞かなければ。許されることなら、あと少しだけ、どうか、そばに。

涙の滲む笑みで彩られたラスの顔に、アレンがハッとしたように、息を呑んだ。

……彼女の今を知ったきっかけは、単なる罪滅ぼしで。

身を挺して薔薇の化け物から庇ってくれたことで、興味を持った。

人見知りで、何くれと構ったり追いかけ回したりするたび目をまん丸にしてびっくりされるのは小動物みたいに可愛かったし、自分が疲れ切っているのを的確に見抜いて、損得抜きで心配してくれる情の深さも嬉しかった。

けれどどうにもしっくりこない。一番の理由は別にある気がしていた。

(ああ、そっか)

花魔術の絨毯から目を離し、こちらを見上げてほんのりと笑むラケシスの顔を見下ろしながら。アレンは呆けたように言葉を失う。

そこでやっと。このところ繰り返していた疑問の答えを見つけたことに気づいたのだ。

(なんでこんなに好きになってたんだろう、って)

眩しかったからだ。尊かったからだ。

——この目に映る誰かの役に立ちたい。

そんな一心だけで、彼女が懸命に努力したり、無心に動き回ったり、考え込んだり。そんな様子を見ているのが、楽しかったから。

その性質は、生来、何にも誰にも興味関心を抱かず、平淡な心のまま過ごしていた自分とは、きっと似ても似つかない。でも、いわく言い難い、なんともあたたかく優しい、その柔らかな輝きに。

寄り添ったら、冷え切った心に温もりを分けてもらえる気がした。

「……ラケシス嬢」

夕暮れ時はとうにすぎ、日はすっかり落ちており。いつの間にか、宙に渡した紐で吊るされた魔石の灯火と、篝火ばかりが光源となった広場の前で。

気づけばアレンは、黒髪を梳き、火影に照り映える白い頬に手を伸ばしていた。けぶる長いまつ毛の下で、かすかに濡れたアメジストの一対が、驚いたようにこちらを見上げている。

（ぶどう飴……）

七年前、痩せて心細そうな外見だけで、「みすぼらしい」なんて失礼な言葉で彼女を評した悪ガキの自分をぶん殴りに行きたい。だってこんなにも、目の前の少女は魅力的だ。

（けど）

その瞳に宿す魔の気配が。

――ひどく、甘そうなことだけは。あの時と同じ。

囚われるまま小さな顎に指をかけ、くいと上向かせる。

「アレンさま……？」

戸惑いつつも首を傾げ、恐る恐る名を呼んでくるラケシスに、薄く笑みを返すと。おもむろにアレンは身を屈め、その右目の端にくちづけていた。

――完全に無意識の行動だった。

「っ⁉」

ビクッと細い肩が震えるのを宥めるように抱き寄せ、こめかみにもくちづけを贈る。理性がすっかり仕事を放棄してしまったようで、黒髪から立ち上る甘い香りに、脳の芯を酩酊感が痺れさせた。

「好きだよ、ラケシス嬢」

これでは順番があべこべだ。

衝動で唇を奪わなかった点だけは褒めてほしい。

思うままに触れ、振る舞ってしまったことを申し訳なく思いつつも、気持ちを伝えることは止められない。止めるつもりもない。

「……！」

信じられないように目を瞠るラケシスを見て、その薄紫にうっすらと張った涙の膜に、アレンは苦笑する。

（またこぼれ落ちそうだな）

七年前のパーティーを思い出させる反応に既視感を覚えつつ、その薄い体をゆるく抱きしめて。小さな耳に囁きを落とすよう、アレンはそっと告白した。

「君のことが好きなんだ。恩人としてでも、部下としてでもなくて。君は俺の特別だから。叶うなら俺も、君の特別になりたい」

どう返してくれるだろう。

身分だの立場だのの差からか、遠慮されたり、怯えられることはあるけれど。きっと嫌われてはいないはず——

そう、思っていたのだが。

（……ん？）

告白したものの、あまりに長くうんともすんとも返事がないので、アレンは眉をひそめた。

「ラケシス嬢……？」

身を離してその顔を覗き込んだ瞬間、絶句する。

なぜならラケシスは、今まで見たこともないような絶望に塗れた顔をしていたからだ。

「……!?」

いきなり同じ気持ちを返してもらえるとはさすがに甘い見通しだろうが、とりあえず嫌われてはいない。いないと思っていた。

突然のことで困惑されるなら、わかる。ぶしつけだったことを咎められるのも、わかる。照れてくれたら御の字くらいだと覚悟はしていたが。

（いや、ちょ……待った。さすがに、告白したらこの世の終わりみたいな絶望顔されるのは……想定してない……！）

さては予告なく目元にくちづけたのがまずかったか。よく考えなくてもそりゃそうだ。

思わずざあっとアレンが青ざめた瞬間、ラケシスはふるふると首を振ると、今度こそ涙腺を決壊させて大粒の涙をこぼした。

「ごめんなさい……‼」

そのまま、謝罪と共にどんっと両手で突き飛ばされる。

腕力の差からしても決して強いものではなかったはずなのだが、呆然としていたアレンは反応が遅れ、数歩後ろに踏み堪えた。

アレンが離れた隙をついて、ラケシスは身を翻す。薄闇に淡く色を沈ませていた萌黄のスカートが揺れ、長い黒髪の後ろ姿は、あっという間に人混みに消える。

「待っ……！」

アレンはぎくりとした。

(今いなくなられるのはまずい)

なにせ、ガイウスを挑発している最中だ。いまだ手も出さず沈黙しているのがひたすらに不気味な彼の狙いが、ラケシスにあることは明白で。なんなら今日、ついでに誘き出してこっちも片をつけられたらと考えていた。

「殿下……！」

「ラケシス嬢を追え」

舌打ちしつつ、駆け寄ってくる護衛たちに短く命じて、自分も探索に向かおうとしたところで、それは起きた。

――宵闇を裂くような爆発音。広場の方から人々の悲鳴が上がり、何かが崩れるような地響きが続く。

そちらに目をやると、花絨毯の下に、いつの間にか見上げるほど巨大な赤い狼が現れ、牙を剥き出しにして周囲を睥睨している。燃えるようなたてがみを振り立てて、太い前肢が布を支える柱を薙ぎ倒した。祝祭に浮かれていたはずの観客たちが、叫びながら我先にと駆け出してくる。

（こんな祭りのど真ん中で騒ぎを起こすか⁉　ずっと被害規模を抑えていたくせに）

ガイウスはその辺り、理性の一線を守っていたはずなのに。

たしかに頭に血が上ると手段を選ばなくなる悪癖がある男だし、切羽詰まっているのを見越してこちらも暴発を誘っていた。だが、よりによって今とは！

（くそ、見誤った……！）

とはいえ、こういう時に民衆を退避させる対策は練ってあるから、あまり深刻な事態にはならないはず。ラケシスの貢献のおかげで、凶暴化した動植物を香によって無害化する術は実戦投入できる段階にまで進んでおり、収束は早いだろう。

その辺り、計算の上での騒ぎだとしてもやりすぎだ。一番、何がまずいかと言えば。

（ラケシス嬢！）

「見失った……！」

ガイウスあいつ。本当、馬に蹴られろ。

——彼女に手出ししたら、ただでは済まさない。

人混みを泳ぐようにこちらに向かってくる残りの護衛たちに指示を出しつつ、アレンは奥歯を噛んだ。

苦しい。苦しい。胸が、張り裂けそうなほどに。

感情が、しけた海の如く荒れ狂って、うねって、もうぐちゃぐちゃだ。

アレンを突き放したあと、裏路地に駆け込みながら。足を止めることなく、ラスは手の甲で、ボロボロとこぼれる涙を拭った。

——君のことが好きなんだ。恩人としてでも、部下としてでもなくて。君は俺の特別だから。叶うなら俺も、君の特別になりたい。

（告白されてしまった……！）

抱きしめられて告げられた、『溺愛の呪い』を確定させるその言葉に、ラスは、暗く深い穴に真っ逆さまに転がり落ちるような心地を味わった。

（バカ、私……。話を……しないといけなかったのに……）

思えば、その決定打をもらった今こそが好機だった。

かえす刀で「そうですか！　でもあなたのその感情は偽物なので、呪いを解くために一度王宮を離れるお許しをください」と畳みかけるべきだったのだ。きちんと手順を想定だってしていた。……頭の中では。

肝心なところですっかり心を乱されて、こうして逃げてしまったのは、完全な誤算だ。自分の気持ちの重さを見誤っていた。バカ、バカ、なんてバカ。わかっていたくせに。こんなに動揺するなんて！

知らなければならなかったのに、知りたくなかった。彼からの話の内容に、予想はついていたのに。いざその言葉を聞いてしまうと、どうしても平静が保てなかった。

すぐさま表通りから離れてしまったラスは、不運にも、広場で起きた混乱に気づけなかった。

「はあ……はあ……」

日頃の運動不足が嘆かれる。すっかり上がってしまった息を整えつつ、ラスは周囲を見回してみた。

表通りと違い、レンガ造りの建物が並ぶ細く暗い路地は、当然ながら見覚えのない場所だ。僅かに湿った空気やすえた臭気も漂ってきた。つい深呼吸してしまったラスは、肺一杯にそれらを取り込んでから、うっとたじろぐ。

(戻ろう……)

メーディアの呪いのせいとはいえ、告白されていきなり逃げ出すなんて。つくづくアレンには、とても失礼なことをしてしまった。

(戻って……今度こそ、理不尽に心を縛る〝溺愛の呪い〟を解く手伝いをさせてほしいって、ちゃんと話をしないと)

すっかり予告なく走り出してしまったが、忠実な使い魔は、この度もきちんと肩に爪を立ててしがみついてくれていたようだ。ごろごろ鳴る黒い毛並みの喉をなでて、はあっとため息をつき。ラスは踵を返そうとした。

その時だった。

仮装祭りのお面をつけた男たちが、ゾロゾロと列をなして裏路地に入ってきたのだ。

「え……」

ラスは戸惑った。この周囲には出し物をする芸人やごちそうの屋台もない。わざわざこんなところに、こんなにたくさんの人が……?

なんとなく嫌な予感がする。

(関わり合いにならないように、アレンさまのところに戻らないと……)

彼らに背を向け、ラスが元の大通りに戻ろうとした瞬間だ。

「きゃ⁉」

集団の一人が急にぬっと手を伸ばしてくるや否や、ラスの腕を摑んだ。そのまま後ろに捻り上げられ、ラスは痛みに呻く。

（なに……⁉）

「ロロ、隠れて！」

とにかく、考えるより先に、まずは肩に乗せていた子猫を逃がす。小さな使い魔は長い尻尾をピンと立てたあと、すぐさま地面に飛び降りてラスの足元に滑り込んだ。主人の影に入って姿を消すのは、使い魔共通の技だ。

「放し……！」

放して、まで言うことはできなかった。

別の一人がラスの口を塞いだ瞬間、きぃんと頭の中に金属的な不協和音が響く。

（これ……催眠の魔術……？）

意識が持ったのはそこまでだった。

目の前が真っ暗になり、ラスは地面に倒れ込んだ。

7 もふもふ魔法合戦

——頭蓋の奥がズキズキする。

こめかみを強く押さえつけられているような疼痛に、ラスはうめいた。

（……？　私……）

ふっと意識が浮上する。ひどく重い気がする瞼を、ラスはどうにかこじ開けてみた。

視野がぼやけておぼつかないが、周囲は薄暗い。

（仮装祭りをアレンさまとご一緒していたら、……告白されて……それで？　それで、どうしたんだっけ……）

彼の手を逃れて裏路地に入り込んだところで、祝祭の仮面をつけた奇妙な集団に囲まれた。ロロを逃がしたら、いきなり口を押さえられて。そこから先の記憶がない。

どうやら自分は、気を失っていたらしい。頭が痛むのは、おそらくその時かけられた催眠魔術のせい。

そこまで考えたところで、ラスははっとして身を起こした。正確には、起こそうとした。

「……っ？」

腕が後ろに回ったまま上手く動かせない。縄か何かで手首をかたく拘束されているらしい。視線を下に滑らせれば、脚も同様だ。おまけに足の方は、縄の先が杭で地面に打ち付けられている。逃亡防止のためだろう。

体の下には乾燥してちくちくした感触があり、確認すれば藁束だと判明した。藁を敷きつめた上に横になっているのだが、手足のきつく荒い縛り方からして快適さを提供するためとは考えにくく、なんとも不気味ではある。

（ここはどこ？　それに、一体誰がこんなこと）

目が暗さに慣れてくると、上天に白く半月がかかっているのが見て取れる。おかげでここが屋外で、しかもかなり広々とした場所であることがわかった。

どうやら、廃棄された野外劇場かどこかだ。しかも、かなり老朽化の進んだ……。見渡すほどある円形の舞台を、崩れかけた石の客席がすり鉢状に囲んでいる。客席の奥には樹木の頭が見えるから、ひょっとすると王都の中心部から外れてしまっている可能性がある。

ぼうぼうと草が生える地面には、歯抜けどころかほとんど剝がされた敷石が点在していた。縛られたラスは、その舞台の中央に転がされていたのだ。

（ロロは……無事？）

安否が気になって視線を巡らせれば、身体の下から小さな黒い子猫が這い出してくる。

ホッと息をつくラスの頬をぺろっと舐めた後、ロロは後ろに回り込み、腕の拘束をガジガジと噛み始めた。状況が全くわからないものの、健気な使い魔の存在にラスは励まされる。

（そんなに太い縄じゃない。これなら、もうちょっとかじってもらうだけで、力を込めたら解けそう……）

じっと息を詰めて、ロロが作業しやすいように体を動かさないようにしていると。

「お目覚めか？　モイライ」

頭側の、少し離れた位置から、低い男の声で呼びかけられ、ラスは息を呑んだ。

（……！）

同時に、ロロがほとんど縄を噛み切ってくれたのを音と感触で確かめる。「お前はお行き」と小声で命じると、ややためらうような様子を見せた後、黒い子猫はラスの向こうに隠れるようにしてその場から駆けていった。

慣れた気配が遠ざかったのを確かめてから、ラスはひとまず四苦八苦しつつ身を起こしてみる。手足が使えないので芋虫みたいに全身をうねらせる羽目になる動作を見てか、「無様だな」と声は嘲笑った。

どうにか上半身だけもたげると、いつの間にか、ラスのいる舞台を取り囲む客席に、幾つもの人影が並んでいる。

同時に、ぼうっと音を立てて篝火が灯され、彼らの様子が明らかになった。

「ガイウス閣下……！」

その中心に立つ、上品な衣装を身につけた青年の姿に、ラスは思わず呼びかけた。栗色の短髪、メガネの奥にある灰青の目は知的だが酷薄だ。

魔導学院の統率者や、魔女に偏見を抱く貴族の筆頭格として名前はたびたび聞いていたものの、彼と会うのは、下町で薔薇の怪物と遭遇した時以来である。

「気軽に呼ぶな。樹海の化け物め」

舌打ちしつつ、ゴミにでも向けるような眼差しでこちらを見下ろすガイウスに、負けじとラスも訴え返す。

「は、放してください！　い、いきなり何をするんですか」

「黙れ悪女。どの口がほざく！　……よくもまあ、我らが主君をあのようにたぶらかしてくれたものだ。ゼラム陛下のご命令とはいえ、ただでさえあのようないかがわしい研究所に出入りされているだけでも堪えがたいのに……！」

「！」

憤懣やるかたないといった調子でガイウスに怒鳴りつけられ、ラスは身をすくめた。

（で、溺愛の呪いのことをお怒りなんだわ……！）

一方で、理由を聞けばそれはそうかと納得もする。

むしろ、よくぞ今まで見逃してもらっていたものだ。

ガイウスはアレンを敬愛しているという。魔女嫌いの彼にとって、二百年越しの呪いのせいとはいえ、ラスをそばに置く主君の所業は目に余るものだったに違いない。

（それとも見逃してもらっていたんじゃなくて、手出しできなかっただけ……？）

気づかないうちに、アレンに守られていたのかもしれない。それがわかり、ラスは唇を噛む。呪いによる庇護だったとしても、解く前にこんなふうにいきなり姿を消しては、彼に心配させてしまう。

「む、無用なご心労をおかけしてしまって、申し訳ございません、ガイウス閣下。あ、あの、私……！　アレンさまにはきちんと呪いのことをお話しして、それを解く方法を探すご提案をするつもりだったんです！」

どうにか理解してもらおうと必死に叫ぶと、ガイウスは勇ましい眉根を寄せて、さも忌々しそうに吐き捨てた。

「ふん、なんの話だか知らないが。魔女ごときの、しかもモイライの言など聞く価値もない。――おい」

最後の呼びかけは、傍らに控える私兵らしき者たちに向けられたものだ。数名が彼のそばを離れて舞台に下りてくると、ラスを避けるように回り込み、どこからともなく巨大な檻を引き出してきた。

中に入っていたのは、中型の犬が十匹程度。野良だったのか、どれも毛ヅヤが悪く、痩せて弱々しい。吠えたり鳴いたりする様子もないから、病気のものもいるかもしれない。

「……？」

あんな犬たちを連れてきて、何をするつもりだろう——と、ラスが首を傾げた途端。

ガイウスの手下たちは、檻を開いて犬をみんな引き出すと、刃の赤く輝くナイフで、その耳に次々と傷をつけていった。ますます訝しく眉をひそめたラスだが、あることに気づいてぎくりとする。

（あのナイフ、魔石製じゃ……！）

さらに、男たちは傷口に何か薬物を垂らした。

その途端に、犬たちは苦しげに唸り声をあげ始める。さらには男たちが客席に逃げ戻るのを待っていたかのように、その体が、ミシミシと音を立てて膨らみ始めた。

（まさか……）

ラスの頭に過ったのは、ルピナの話していた国家魔導学院と王立魔術研究所の確執だ。

（このところの動植物の凶暴化病。王立研究所由来の魔法が漏れただとか、王都にいる悪質な魔女のせいだって、誰かが噂をばら撒いていると聞いたわ。事件を起こして、研究所や魔女を貶めるデマを流していたのは……）

それが全部、彼のしわざだったとしたら。

「ここがどこかわかるか？　前王朝時代の闘技場の遺構だ。そして数百年前、ハインリヒ王が多くの魔女たちを火炙りにした処刑場でもある。お前のようなものの最期にはふさわしいだろう」

「……ガイウス閣下！　あなたは、アレンさまを裏切ってっ……！」

「何が裏切りなものか！　主君が道を踏みたがえたとき、ただすのも臣下の役目だ」

睨み上げて抗議するラスの声を遮り、ガイウスは忌々し気に舌打ちした。

「まさかグリム家次期当主の私が、魔女狩りの真似事までするはめになるとは……」

それこそハインリヒ王の治世下ならいざしらず、と苦々しく呟くガイウスに、ラスは勢い込んで叫んだ。

「そうですよ！　私がここで死んでしまえば、必ずあなたに疑いの目が向けられます！　どうされるつもりなんですか」

「問題ないな。お前が食われた後、私は『凶暴化病の流行に一枚噛んでいたモイライが、己の魔法を御し切れずに自滅した』と殿下に報告するつもりだ。どんな手を使ってあの方を誘惑したかしらないが、無残な死体を見れば目が覚めるだろう」

（そ、……そんな横暴がまかり通るとでも？）

あんまりな言い草に、ラスは一瞬絶句した。

「あなた、……おかしいです！」

「おかしい？　それを言うなら、神聖な王宮内に人外魔境の化け物たる魔女が入り込んでいる現状こそが異常だ。王立魔術研究所など断じて存在してはならない！　我らが魔導学院こそがレヴェナントの正統な魔術の担い手なのだ」

（らちがあかない！）

会話は平行線をたどる一方で、説得は無理だとラスは悟る。何より、ガイウスの目つきは尋常ではない。

「王族を辱めた罰は命で償え。手を塞がれては、あの怪しげな技も使えまい」

高らかに宣言するガイウスの声を聞きながら、ラスは、己を囲むように何頭も立ちはだかる、黒く禍々しい巨狼のごとき猛犬たちを見上げていた。

赤く開いたあぎとにはびっしりとナイフのような牙が並び、隙間から湯気の立つ涎がとめどなく滴り落ちている。

「ヒッ……」

グルル……と低い唸りをあげ、黄色く濁った目でこちらを見据える化け犬たちに、ラスの全身から冷たい汗が噴き出した。

少しずつこちらを囲む輪を狭めてくるところからして、彼らが獲物を定め、食い殺す気満々なのは明らかで。数十秒後には自分の喉笛は噛みちぎられており、数分も経てば無残な肉片になっていることだろう。

逃げ出そうにも、足が拘束されている。でも、腕ならば。

ラスは焦りを抑えて腕を無茶苦茶に動かす。さっきロロがかじってくれたおかげで、あと少しの力を込めれば手枷ははずれそうなのだ。一秒でも早く。捻って、もがいて、引っ張って――よし、外れた！

（早く早く早く！）

こちらに向かって一斉に地を蹴る化け犬の群れに向け、ラスは自由になった両手をかざし、人差し指と親指で三角形を作った。

「無害化魔法！」

叫ぶと同時に、指先が強く輝く。

そして。

――ぽんっ。

軽い破裂音と共に、すぐそばには、茶色や白のコロコロふわふわした子犬たちが転がっていた。

「わふっ」

「くぅうん」

首に赤や桃色のリボン付き首輪を巻いた子犬たちは、黒いつぶらな目をラスに向け、柔らかそうな毛並みを風にそよがせている。

あっという間に、――飢えた巨犬のうろつく闘技場は、もふもふ天国と化していた。

けだもののうなり声に代わり、ついでに毛ヅヤもやたらよくなった子犬たちの鳴き声や、お互いをなめあったりじゃれあったりして遊ぶ音があふれた。

「あっ、……かわい……」

シン……と沈黙の落ちた場に、私兵の一人がたまらなくなったようにつぶやく声が、いやに大きく響く。隣にいる別の男が、即座に失言者の脇腹を肘で突いた。

ワフワフ、きゅうん、と愛くるしい声をかき消すように、ガイウスが叫ぶ。

「おのれ、いつの間に縄を……！　くそ、次だ！」

ガイウスの命を受けて、もふまみれの舞台をうっとり見つめていた私兵たちが、我に返ったように舞台に下りる。

次の一手が来るらしい――と思ったら、一手どころか、彼らは持てる手段を全て使うようだ。檻が次々に運び込まれ、今度は犬だけでなく、何頭もの獅子や鷲などが場に放たれる。縞模様の巨大な獣、あれは話に聞く東方の虎では。

薬で無理やりに凶暴化させられた後、耳をつんざく大音声で吠え立てながら向かってくるそれらに、ラスは息を詰めて手のひらを向ける。

「無害化！　魔法！」

再びカッと手のひらが熱くなり、先ほどより強い輝きが場を満たす。――瞬間。

「わふ」

「にゃあ」

「ごろにゃ」

「ピヨ」

闘技場には、そこらじゅう、可愛らしい子猫や子犬、ひよこたちが散らばっていた。

猛犬は子犬に、獅子と虎は子猫に、鷲はひよこに。

地べたいっぱいに、黄色や茶のもふもふたちが、いずれもめいめい楽しげに毛繕いしたり身を寄せあったり。癒し効果抜群の光景である。

「やっべえ……くそかわ……」

「おれも交じりてー……」

真っ赤になって怒りに震えるガイウスの傍らでは、兵たちがどう考えても怒りではない感じに頬を染め、恍惚とした表情でこちらを見下ろしている。ガイウスに後ろ頭を叩かれて正気に戻った彼らは、今度は凶暴化した植物を投入してきた。

前と同じ棘を持つ巨大な薔薇や、毒汁を飛ばすキョウチクトウ、毒の花粉を飛ばすべラドンナなどを、ラスは次々に可愛らしい花畑に変えていく。薔薇の蔓だけは、前回の花束を踏襲したものか、花と同じ色のリボンになった。

いつの間にか――朽ちかけた闘技場の舞台は、月明かりに照らされる色鮮やかな花畑の中、彩り鮮やかなリボンが風に舞い、その下をふわふわの子猫や子犬やひよこがちょこまかと転がり回る、なんとも壮大な癒し空間と化していた。

「おっふ、新天地……」

「天国か……」

「ここに家を建てよう」

さっき魔術で凶暴化させた花をせっせと投げ込んでいた兵士たちが、ぽうっとした眼差しで手を頬に当てている。今度は誰も止めなかった。

「はあ……はあ……」

とはいえ、立て続けに無害化魔法を使い続けたラスの方は、もう疲労困憊だ。

もっとも、足を拘束されたままなので立ち上がれもしないままだが、今は意識を保っているのもやっとである。息は上がって、全身は汗びっしょり。頭がぐらぐらして、ともすれば倒れ込んでしまいそうだ。

（……も、限界……！）

耳鳴りが脳を揺らす。それでもラスは毅然と上体を保ったまま、憎しみのこもった眼差しをこちらに向けて歯軋りするガイウスを睨み返した。

「つ、次はなんですか!?　な、何がきても、は、撥ね返しちゃいますよ……！」

虚勢だが、ガイウスにはてきめんに効いたらしい。

彼は目を見開くと、隣で物欲しそうにもふもふを見つめる兵たちに命じた。

「あの女を剣で串刺しにしてしまえ」

「えー」

「えーじゃない!!　誰だ、今否やを唱えたやつ！」

ガイウスの叱責を受け、兵たちは渋々といった風情で、スラリと腰から剣を抜き放つ。

得物を構えたまま客席から飛び降り、次々とこちらに駆け寄ってくる兵たちに向け、ラスは「もう一丁……！」と気合いを入れて手を向けた。

ぽんっ！

その途端、彼らの手にある武器は全て、カブやニンジン、きゅうりなどの野菜に変わる。

「収穫祭ですね」

「……毒霧を撒け！」

「あ、だめです閣下。全部フローラルなアロマになりますね」

「矢を射かけろ！」

「紙吹雪になりましたね。今日にぴったり。お祭り感出ますね」

すっかり癒し空間に負けて戦意を喪失した兵たちのツッコミが場に響く。舞台の上は、もふもふの大群と花畑と散らばる野菜とアロマシャワーと紙吹雪で、もう何がなんだか訳のわからないことになっていた。

客席で拳を震わせるガイウスは、もう怒髪天をつくどころか、壮絶な形相で、こめかみに浮いた青筋がピクピク痙攣している。一方のラスも、限界を超えた限界に挑戦している状態で、いよいよ頭にもやがかかり始めた。呼吸も苦しく、声を出す気力もない。

（魔力……使いすぎて、魂まで燃えてる……）

あと少しでも魔法を使えば、命も危うくなる。きっともう、解放されても立ち上がることもできない。

いいかげん打ち止めにして、とラスが強く願っていると、すっかりやる気を無くした兵たちを押し退け、今度はガイウス自身が舞台に下りてきた。

――手に、篝火から火種を移し替えた薪を持って。

「……！」

魔女の最大の弱点は、火だ。

いかなる魔法も、炎に焼かれればその途端に効果を失う。そして魔女を殺すには、最も確実な方法が、火刑。レヴェナントに暮らすものの常識だ。

（うそ……）

手元で燃え盛る炎に負けないほど、ギラギラとメガネの奥で怒りを煮え立たせたガイウスが、足取り荒く近づいてくる。

（火炙りにされる……！）

ラスが息を呑んだのと、ガイウスがラスの下に敷かれた藁に火をつけたのは、同時だ。よく乾いた藁束はこの最終手段のためだったのかと今更気づいても遅い。

「死ね、穢れたモイライの魔女め！」

罵声と共に、パッと視界が明るくなる。

次いで炎で藁のはぜる音と共に、凄まじい熱気が体を包むのを感じ、そこから逃れようとラスは慌てて身を捩った。

（！）

足を拘束され、縄の先が杭に縫い止められていることを思い出す。逃げないと、早く。

ああダメだ、抜けない！

——今度こそ、おしまいだ。

（お姉さまがた！　ロロ！　……アレンさま……！）

熱い。苦しい。誰か。

親しい面々の顔が浮かび、最後に、寄せる想いを自覚したばかりのあの人の名前が浮かぶ。綺麗な銀糸の髪と、ネオンブルーアパタイトの双眸。

死にたくない。だって、彼の、呪いを解きたかったのに。

(でも、私が死んだら、今かかっている呪いは、消えてくれるかしら……)

死を覚悟したラスは、ゆっくりを目を閉じる。その時だ。

「ラケシス！」

——不意に。

炎が藁束を焼く音にかぶさるように、自分の名を呼ぶ声が響き、ラスははっと目を開けた。背後から、馬のいななきと蹄の音が迫る。

力の入らない首を気力でもたげて周囲を探る。足を繋いでいた縄が断ち切られる感触と共に、フワッと体が浮き上がった。

「……！」

誰かが自分を抱き寄せ、馬上に引きずり上げたのだ——と。

気づくと同時に、ラスは呆然と目の前にある銀糸の髪と鮮やかな碧眼を見上げていた。

「あ、れ……ん……さま……！」

名を呼ぼうにも、疲労と熱気で喉がやられてろくに声が出ない。向かい風に煽られた己の黒髪が視界にちらつく。

騎馬で、火に巻かれたラスのもとに危険を顧みず飛び込み、窮地から救い出してくれた——それがわかった時には、アレンは藁束の炎からかなり遠ざかっていた。

「殿下、なぜ……！」

呆然としたように呻くガイウスと私兵たちの周りを、駆けつけた大勢の近衛騎士たちが取り囲んでいく。その様子を眺めながら、ラスもまた、同じくぼうっとしていた。

（アレンさまが……来てくださったの？　本当に？）

逃亡も抵抗もままならず、次々と捕らえられていくガイウス一派を尻目に、アレンは腕の中のラスに目を向ける。

「遅くなってごめん。怪我は？　すごく怖い目に遭わせた……」

苦しそうに歪められた端整な顔立ちに、ラスはぎこちなく首を横に振る。大丈夫です、と言いたかったが、やはり声が出ないのだ。

（どうやって、ここを……？）

口の動きだけでぱくぱくと訴えると、アレンはチラリと肩に視線を向ける。

「それはね、あらかじめ場所にあたりをつけていたのと——彼が教えてくれたから」

（ロロ！）

アレンの肩に乗っかり、得意げに「ミ」と胸を張る黒い使い魔に、ラスは思わず声を上げそうになったが、実際に口から出たのはか細い吐息だけだった。

どうやらここから逃げ出した後、大急ぎでアレンに知らせてくれたらしい。なんて賢い子だろう！　今すぐ撫でてやりたかったが、本当に指一本たりとも動かない。

「誰か医師を早く。……傷を診せて、ラケシス嬢」

アレンに横抱きにされたまま馬から下ろされたラスは、そのまま離されもせずに傷を確かめられる。恥ずかしいがどうしようもない。

そのうちに、近衛騎士たちに客席から引き摺り下ろされたガイウスが、アレンとラスの前に引っ立てられてくる。

悔しげに顔を歪め、いまだに現状が信じられないというふうに歯を食いしばる彼に、アレンはちらりと眼差しを投げた。何気なくその顔を覗き、ラスまでゾッと背筋が粟立つ。なんて凍てついた眼だろうか。

「君とはいい関係を継続したいと言ったはずだけど。ガイウス」

裏切りを働いた己の側近に、底冷えのする声でアレンが告げる。

兵たちに両側から押さえつけられ、その場に膝をつかされたまま一瞬鼻白んだガイウスだが、口角に泡を飛ばして叫んだ。

「殿下、私は……！　なぜですか！　私は、あなた様のために……！　穢れた魔女などをお傍に置かれたままでは、崇高なるあなた様の威厳が……」

　彼がそこまで言い募った時だ。

「ふざけろ外道」

　そこに主君から投げつけられた返答が、およそ王子らしからぬ粗野なものだったので。別の意味で凍りついたように、ガイウスは黙る。

　なお、これには抱き上げられたままのラスもびっくりした。

「誰が崇高だ。威厳？　どうでもいい。俺の大切な人を傷つける言い訳に、俺を使うな」

「あ、……アレ……殿……」

「黙れ。二度はない」

　己が神聖視してきた、美しくも完璧な王太子殿下が、完全に開き切った瞳孔を向け、まるで貧民窟育ちのような荒い口調でのたまうので。

　今度こそガイウスは唖然と口を半開きにしたのち、ガクッと肩を落とした。

（アレンさま、こういう言葉遣いもなさるんだ……。いろんな面をお持ちなんだな）

　目を瞬き、こてっとラスは首を傾げる。また彼の新たな一面を知ってしまったが、別に嫌な気持ちはしない。驚きはしたけれど。

　果たして、大人しく医師の到着を待つか、という時だ。


「ラスー‼」

「無事ですの⁉」


　聞き覚えのある声が二つ、上空から降ってくる。

　そして、ほうきで風を切る音と共に、黒い衣装の美しい魔女が二人、傍に降り立った。

（アトロポス大姉さま、クロト小姉さま！　来てくれたんだ……！）

　姉二人の到着に、ラスは瞳を潤ませる。

「ラス⁉　ひどい怪我じゃないのぉ！　おまけに魔力もほとんど尽きて……！　待って、今お姉ちゃんが治してあげるからねぇ！」

　地面につくなり駆け寄って、魔力を灯して淡く輝く手のひらをラスに向けてくれたのはアトロポス。その後ろから歩いてきながら、紫の瞳に剣呑な光を載せているのがクロトだ。

「……ねえラス。あなたにひどいことをしたクソ野郎は、そこのこまっしゃくれたメガネのジャリガキですわね？」

アトロポスの治癒魔法でラスの応急処置が済むのを待って、クロトがガイウスを見つめつつ、清楚な面に剣呑な微笑を浮かべ――ていない。断じて笑っていない。口角は淡く吊り上がっているが、目が全然。

「……あたくし、若い男は好きだけれど、あなたはちっとも好みじゃございませんわね。女の子、それもよりによってうちの妹に手を出すなんて存在自体が許しがたくてよ。細切れ肉にしてしまおうかしら」

「そうねえ、ちょうどよく子犬と子猫がいるから、餌にしちゃってぇクロト」

完全に目がお逝きあそばされた顔で、ぼきぼきと指を鳴らすクロトと煽るアトロポスを、アレンが「失礼。……少々お待ちを」と止めた。

罪を犯したとはいえ側近だ。さすがに目の前で見るも恐ろしい拷問に遭わされるのを見過ごせないのかと思いきや。

「……それは、猫と犬がかわいそうなので、餌云々の部分だけは別の手段で」

特に止める感じではなかった。

「ッシャアー縛れ縛れ！」

「叩け刻め！　三枚におろせ！」

「待ってお姉さまたち⁉」

声が出せるようになった途端、さっそく叫ぶはめになったラスである。

エピローグ

やがて、闘技場には連絡を受けた応援の近衛騎士たちも到着した。

計画の頓挫に加え、夢を見ていた主君の豹変、怖いお姉さまがたによる拷問未遂まで立て続けにあり、そもそも完膚なきまでに打ちのめされていた様子のガイウスだが、ぞろぞろと列をなして入ってくる兵たちを見て、いよいよ観念したようだ。

消沈しきった様子で腰縄を打たれ、団長の手に委ねられて連行されていく彼ら一味を見送りながら、ラスはそっとアレンに問いかけた。

「……あのかた、どうなるんですか？」

「さて、どうしようかな。順当に法に則って処分してもいいんだけどね。あれで魔女排斥派の筆頭格で、厄介な連中にも顔が利くから。報いを受けさせる前に、少しは便利に使わせてもらおうかと」

にっこり微笑んで返してくるアレンに、「はあ……」とラスは頷いた。言っている内容の物騒さとちぐはぐに穏やかな口調が、逆に怖い。

（本当、いろんな面をお持ちの方なんだ……）

研究所で一緒に働くうち、彼の新しい面を見つけてきたラスだ。単に優しくて完璧な王子様だとは、もちろん思っていなかったけれど。

いよいよ新鮮な気持ちで、アレンの顔を見上げていると、彼の笑みに苦さが滲んだ。

「……ラケシス嬢、失望した？」

「え？」

「これでも割とガラが悪いんだ。一部の人しか知らないけど、昔、ちょっとやんちゃしていた時期があってね」

世間で言われる『完璧な王子様』像と程遠いものだから——と言うアレンに、「まさか！」と慌ててラスは首を振る。

「アレンさまはアレンさまなので！　……たくさんいろんなご経験を積んでらっしゃるんだな、とは思うけど、失望なんてするわけないです。それより、私こそ失望させてしまったのでは……と……」

いつの間にか、姉二人は周りでもふもふたちと戯れている。「猫吸い放題！」「犬も嗅ぎ放題！」と興奮気味に叫ぶ声を背景に、ラスはおずおずとアレンを見上げた。ちなみに、横抱きは継続でまだ地面には下ろしてもらっていないので、とても恥ずかしい。

ラスの言に、アレンは怪訝そうに首をかしげた。

「……俺がラケシス嬢に失望？　なぜ？」

「勝手に御前を離れて、ご迷惑をおかけしました」

「いや、あれは俺が一方的に悪いから。そうだ、さっきは驚かせてごめん。それなのに君に失望なんて――」

「……いいえ！」

もぞもぞ動いて、どうにか地面に下ろしてもらうと。

ラスは両拳を固め、正面に立つアレンを見つめ、意を決して告げた。

「だ、だ、だって！　あなたが私をお好きなのは、メーディア大おばあさまの溺愛の呪いのせいなんだもの！」


――言った。ついに言えた。

その瞬間、ドッと虚無感が胸に押し寄せ、ラスは唇を噛んだ。

「王族に連なる男性のかたは、モイライの魔女を一目見たら惚れ込んでしまうんですから！　本当は私、呪いを発動させてご迷惑をおかけした以上、もっと早くに王宮を離れるべきだったんです。それを私情で、……こんなに長く留まってしまって。不本意な想いを強制してしまった償いに、必ず呪いを解く方法を見つけますから……！」

（……ん？）

焦りのままに早口に捲し立てた後、ラスはふと、目の前に立つアレンから、なんの返答もないことに気づいた。

――きっと今度こそ失望させたのだ。

軽蔑の眼差しすら受ける覚悟を決めて、お忍びの時の服装のままで駆けつけてくれたらしい彼の顔を見上げる。が、ラスの目に飛び込んできたアレンの表情は、予想と全く違うものだった。

「……メーディアの、呪い？」

ポカン。

まさにそんな感じで、彼はこちらを凝視している。

（へ……何この反応？）

これにはラスも思わずたじろぎ、背筋をびくつかせた。

ややあってアレンは、恐る恐る、といった風情で確かめてくる。

「……あの、ラケシス嬢。確認だけど、それって俺の知らない新しいものじゃなくて、二百年前の……で合ってる？　当時のレヴェナント王夫妻だから、先々々代国王シストゥスとパメラ妃の時の、ジスカルド第一王子の生誕祭の話だよね……？」

「え？　は、はい……そうですが」

実は王様とお妃様と王子様の名前までは正確に把握していないのだが、多分そうなのだろう、とラスは首肯する。うん、と頷き返し、アレンは眉間を揉んだ。

「あー……なんか色々納得した……うん。よかった。それであの絶望顔……そっか……」

ついでに顎に手をやりがてら、何かぶつぶつ呟いている。

「……え？　あ……あの？」

何が何やらでついていけずにオロオロするラスに向き直り、アレンは「ラケシス嬢。この際、はっきりさせておきたいんだけど」と前置いた。

そして、ため息まじりにこう続けたものだ。

「君の言うところの溺愛の呪い、とっくの昔に解けてるんだよね。というかそもそも俺にはかかってない」

「……はい？」

なんとおっしゃいまして？

ラスは目を瞬く。呪いが解けて——というか、そもそも、かかっていない？

あっけに取られて絶句するラスに、言いにくそうにアレンは説明をくれる。

「伝承では別に語られていないけど、メーディアは『ごめんよく考えたらやりすぎたわ』って直後に呪いを解きにきたんだ。同じような呪いを別の魔女からかけられたら王家存亡の危機だし、メーディア本人の協力で、類似の魔術への対処法も確立されてる。その証拠に、俺は君の姉ぎみがたには惹かれていないだろう」

「え……え？」

この言葉に、ラスはガバッと姉たちを振り返る。背後でモフと戯れつつなりゆきを見守っていた姉二人は、こちらの視線に気づくと、やんやと囃し立ててきた。

「やっほう若者、溺愛してるぅ？　よければお姉ちゃんたちがチューしちゃろっかぁ」

「今なら唇でも大盤振る舞いしてあげますことよ」

「お断りします」

にっこり綺麗に笑って、しかし指でバツを作ってまで明確に拒絶するアレンに、姉二人は「おお、遠慮すんなぁ」「まあよろしくてよ。たしかに美しい顔立ちだけれど、動じない男はあたくしの好みから外れますもの」と好き放題に言い合っている。自由人がすぎる。

が、そのやりとりは――モイライの血筋相手なら誰でも有効なはずの溺愛の呪いが発動していない、何よりの証明になった、わけで。

「た、確かに……。え……？　ほ、本当に……？」

そういえば姉たちは、「ラスがモイライの突然変異だから」云々と何やらよくわからない話をしていたような。

「あの、アトロポス大姉さまとクロト小姉さまは、まさか知って……？」

呆然と姉二人に問いかけると、長姉から「ん？　まぁねぇ」と返答がある。

「だってほら、アタシたち血統からして好奇心のかたまりだから？　基本的にモイライの魔女に生まれたからには、伝説の溺愛の呪いの真偽のほどを確かめに、みんな王宮にひとっとびして夜の王族男子詣でに行くのが定例行事なのよう」

「実地で誘惑を試して『あら本当に効かない』って納得するまでが定番なのだけれど……あなたはほうきに乗らないし、真面目で引っ込み思案だから無縁でしたものね。あたくしの時は、現王ゼラム陛下にお目にかかりましてよ？」

「くちづけを迫ったら、見向きもしないどころか執務机から立ちもせずに『なら、これにでも頼む』って封蝋の乾いてない書簡を差し出されたって言ってたっけねえ、クロト」

「ええ。腹いせに本当に捺してやりましたけれどね。ぶちゅっと」

「捺したんですか⁉」

「熱かったわ。物理的に」

キスマーク付きの封書を国王から受け取った臣下の反応が、今さらながら気になるラスである。第一、夜間に不審者が入って来たというのに、陛下も落ち着きすぎでは。

絶句する末妹をよそに、アトロポスとクロトは大いに盛り上がっている。

「あー懐かしい。ま、アタシの時も似たようなもんだったわぁ」

「下町や辺境じゃオチまで伝わってないこともあるみたいだけれど、王都中心部じゃ常識ですし、王宮にいる人間なら誰でも、それこそさっきの魔女嫌い（ぎらい）の坊（ぼう）やでも知っていることと思いますわよ。おまけにラスは家から出ないから、世情にやたら疎（うと）いものね」

「…………」

（……そんなことある⁉）

まさか自分が樹海暮らしの常軌（じょうき）を逸（いっ）したひきこもりであるが故（ゆえ）、みんな知っている事実を知らずに生きてきただけ、だったなんて。これは、本当に顔から火が出る。

「王宮に戻（もど）れば、宝物庫あたりに当時のメーディアからきた謝罪の手紙あるけど。読む？」

「よ、読む……ます……」

唖然（あぜん）としすぎて、アレンが付け加えたとどめの証拠に、返事の接続がおかしくなる。

（うそ……？　じゃあ今までの気苦労は一体。え？　え？　ええっ？）

気が遠くなりそうなラスに、アレンはさらに、もう一つ大事な激白を落としていった。

「これは、君が忘れているんじゃないかと……というか、あまりに申し訳ないというか、俺が気まずすぎて黙（だま）ってたんだけど……」

「……？」

「実は俺が君に会うのは、薔薇（ばら）の怪物（かいぶつ）から助けてもらった時が初めてじゃないんだ」

そこからラスが聞かされたのは、七年前のこと。

――姉に連れられて行った夜会で、アレンが自分に吐いたという暴言の一件だった。

ひどく申し訳なさそうなアレンに対し、ラスはひたすら目が点になるばかりだ。

(え？　そ、そんなこと……あったっけ……？)

なにせ生まれてこの方、地味だ目立たない空気だ枯れたシロツメクサだとさんざんこきおろされてきたラスである。どうしよう。せっかく気に病んでくださっているところ申し訳ないのだが。数あるうちの一つすぎて、きれいさっぱり記憶にございません！

「……ごめん。我ながら黒歴史なんだ、あれは。あの時の女の子に謝る機会をずっと探してて。でも、君が忘れてたら古傷ほじくり返すことになるし、で……」

アレンが想像しているのとは別の理由でラスは青ざめたが、それを見たアレンの方は「きっと覚えていたのだ」という理解になったらしく。話しながらだんだん顔色が悪くなり、しまいには眉間に指を当てて肺から絞り出すようなため息をついてしまった。

(いや、ごめんなさい違うんです、覚えてるからじゃなくて、むしろ全然覚えてないから逆に気に病ませてしまって申し訳ないというか……)

あたふたと何か言い募ろうとしたところで。――ふと唐突に、アレンの台詞と、過去の記憶がかちっと嵌まる感覚がした。

名も知らぬ貴族の開いた仮面舞踏会で、一人取り残された時に。柄の悪そうな少年たちに取り囲まれたことが、たしかにあったような。

「あっ。あの人……アレンさまだったんですか⁉」

「……やっぱり覚えてたか」

手遅れだろうけど殴ってくれてもいい、と。悄然と肩を落とすアレンに、思わずラスは頬を緩めそうになった。

「え、あ、その、違います。えっと、決して悪い記憶としてではなくて……たぶんですけど、あの時アレンさまは、私を助けてくださったのでは……？」

ぱっと驚いたように顔を上げるアレンに、「気づいてました」とラスは苦笑した。

「お友達のことを、私が怖がっているのを察して……。あの場を丸く収めるために、わざと冷たい態度で注意を逸らそうとされたんですよね。思い出せたのは、……庇っていただけたのが嬉しかったから、です」

「いや、けど。君は泣きそうな顔をしていたし」

「それは……あまり覚えてはいないので予想ですけど、……きっと心配だったんじゃないかな、と思います。ええと、お友達が、あなたにすごく怒っているように見えたので……大丈夫かなと……。今さらですけど喧嘩になったりとか……」

「……いや、なってないと思う、ごめん、俺も覚えてないけど、たぶん」

「私こそ、逆に気に病ませてしまって申し訳ございません……お礼も言えずじまいで」

だから傷ついても腹を立ててもいないのだと告げると、アレンにはなんだか、気の抜けたというか、ぽかんとした顔をされた。形のいい眉を開いたままで呟かれた「傷つけてなかったんだ、そうか……」という台詞で、肩の荷が下りたらしいと知る。

「アレンさま、ひょっとして、ですが……王宮にお連れいただく時にすごく強引だったのも、薔薇の化け物を撃退した功績以上に、とても親切にしてくださったのも。ええと、その時のお詫び……？　を兼ねていたりします？」

「面目ない。……他にも、ガイウスから庇護する意図もあったけど、私情は完全にそう」

思い当たる節を確かめると、苦笑交じりの返答があった。「そんな」とラスは首を振る。

「申し上げた通り、私は傷ついてなどいませんし……もしそうだったと仮定しても、アレンさまには、それを補って余りあるくらい、本当にたくさんのご温情をいただきました」

彼は、魔術研究所で働く機会をくれ、友達を作る時間をくれた。

ラスが誰かの役に立って、誰かと触れ合って、少しずつ自信を取り戻し、日々に新しい楽しみを見出していくことができたのは、他でもないアレンのおかげだ。

「ですから、その……ありがとうございます」

改めてしみじみと頭を下げるラスに「……ごめん」と重ねた後。

アレンはそこで、「でも」と訂正を加えた。

「最初は罪悪感から親切にしていたけど、今は君が好きだから、振り向いてほしくてそうしているんだよ。これは掛け値なしの、本音」

「え？」

きょとんと目を瞬いた後、ラスはふと我に返る。

（……あ、そっか。溺愛の呪いなんて最初からかかってなくて、アレンさまが私を王宮に連れて来たのは昔の黒歴史のお詫びで。それじゃつまり、さっきの告白は、紛れもない……本物ってこと……⁉）

気づいてしまうと、ボフンと頬に血が集まる。

（いや確かに、順序を追うとそうなるけど……⁉）

「え、え……えええ⁉」

まるでお酒でも飲んだように、頭の芯がじんと痺れる。

今にもぐるぐる目を回して倒れかねないラスの前に、アレンは静かに片膝をついた。

「ラケシス嬢」

「ひゃい！」

声が裏返った。立ち尽くしたまま、熟れたりんごみたいに顔が真っ赤になったラスを見上げて淡く微笑み、アレンは続ける。

「君が好きだよ。呪いじゃない。償いでもない。これは今の、俺の本心。だから、改めて――どうか俺と結婚してください」

「――っ！」

樹海まで迎えに来てくれたあの時と同じように。跪いてラスの手をとり、その甲に、軽く唇を落としながら。「正確には結婚を前提にしたお付き合いかな」と愉快そうに続ける、この美しい人の言葉に。

ラスはもう、胸がいっぱいになってしまって。

そんなの、そんなの。

（私も！）

こんなの、こうやって答えるしかないじゃないか。

「け、けっ……！」

頭のてっぺんまでゆだったラスは、かろうじて返す。緊張で声が喉に詰まって、最初の文字でくじけた。

当然、アレンには不思議そうに問い返される。

「け？　結婚します、って承諾？」

「イエ、……研究職から、お願いします」

掠れた声で返すラスに、アレンは苦笑を漏らす。

「そこはお友達からとかじゃないんだ……」

「すみません……！」

（だっていきなり結婚とか！　身分は⁉　ゼラム陛下がお許しにならないのでは⁉）

ワタワタ焦りつつ、ぎゅっと目を瞑るラスの頬に、ひんやりと冷たいものが触れる。

はっと目を開くと、アレンはいつの間にか立ち上がっていた。頬に触れるのは、彼の指の背だ。また見下ろされる形で、しかも至近距離。

慌てるラスに彼は尋ねた。

「俺が嫌い？」

「違います！　むしろ……！」

「むしろ？」

「す……」

その気持ちを伝えるのは、とてもとても、勇気が必要だったけれど。

「好きです」

速まる鼓動を宥めるように自らの胸に手を重ね、ラスは今度こそしっかりと返した。

そうして。くしゃっと鼻の頭に皺を寄せ、「……よかった！」とあどけない笑みを浮かべる彼を見上げてみる。いたずらが成功した、少年みたいだ。

つくづくと、実感する。ああ、好きだなあ。

私も、好き。このかたが、本当に。――本当に！

（地味だとか、目立たないとか、笑顔がかたくて怖いとか。きっともう、誰に何を言われても構わない。だって、あなたが見てくれたから。私を、見つけてくれたから）

じんわりと全身に広がる、あたたかなものに浸って。しばらくラスは、あまりにぼんやりとしていたから。

その次に彼が続けた一言に、咄嗟に反応できなかった。

「それじゃ、唇にキスしても？」

「はい……はい⁉」

困惑する隙もあらばこそ。とっとと言質をとったと言わんばかりに顎を捉えられ、わずかに伏せられたネオンブルーアパタイトが迫る。

ひゅうっと鳴る姉二人の口笛も、いまだに転がるもふもふたちの鳴き声も、燻る残り火の音も、夜風の音も、あっという間に全てが遠ざかる。

やがて重なる吐息に、ラスは、そっと微笑んで瞳を閉じた。

Fin.

番外編 お手をどうぞ、可愛い人！

ラスが姉たちの電撃訪問を受ける、少し前の話である。

王宮で暮らしながら研究所に通う生活が始まってから、アレンはラスにたくさんの『教育係』をつけてくれていた。一度は遠慮しかけたラスだが、ハッと思い至ったのは——王宮で暮らすにあたり、ラスの身分はアレンの食客のようなものだ、という事実で。

（そうよ。宮廷にふさわしくない奇矯な振る舞いをして、恥をかくのは私だけじゃない。ひょっとしたら、これまでにもう散々ご迷惑をおかけしてきたのかも……!?）

それならば、と腹を決めて「お言葉に甘えてちょっとだけ……」と返したラスのもとには、ちょっとどころか入れ替わり立ち替わり、高名な方々が訪れることとあいなった。

挨拶や言葉遣い、テーブルマナーなどの基礎的な礼儀作法、歩き方や所作などを教える貴族夫人某。レヴェナントの地理地政学や歴史学専門の博士諸氏。諸外国の語学教師数名、果ては商学や目利きなどを教える東西に名を馳せた王宮通いの商人たちまで。そうそうたる面々を前に、はじめこそ戦々恐々だったラスだが、生来新しいことを学ぶのには前向きなたちだ。先生方の教え方が揃って上手いこともあり、楽しんで励むことができた。

好きこそものの上手なれとはよく言ったもので、そのうちにラスは、諸先生方から「よくできましたね！」と褒められる程度には、それぞれの分野をものにしていったのである。

「これなら王太子妃となられても十分やっていけましょう」という、とある先生の冗談だけは、「またまたぁ」と震えながら流してしまったが。さすがに不遜が過ぎて恐ろしい。

（この調子で頑張っていけば……！　アレンさまに恥をかかせずに済むかしら）

根っからの後ろ向き気質で自信喪失気味のラスも、少しずつ手ごたえを覚えていた。

ただし、——どうしても苦手な、とある一つを除いては。

「ええと……ラケシス嬢。も、もう本日はここまでに……いたしましょうか？　ね？」

ダンスの指南役であるカリエラ・ラートリ伯爵夫人に、優美な面差しをわずかに翳らせてそう勧められてしまい。ラスは悄然と肩を落とした。

「はい……申し訳ございません」

夫人には男役に回っていただいているものの、うっかりと足を踏んづけた回数は数知れず。とうとうレッスン時に、ダンスにつきものの高いヒールを履くのを断念したほどだ。

（ひきこもりでろくに運動をしてこなかったツケが、こんなところで回ってこようとは）

相手の呼吸は読めないわ、細かいステップなどの動きは覚えられないわ。辛抱強く付き合ってくれる夫人には、感謝ばかりではすまない。ひらに申し訳ない。

やがて、夫人が退出していった後。王族の使う練習用ダンスホールで、一人ポツンと取り残されたラスは、立ち尽くしたままはあっと深いため息をついた。

「ダンスってどうやったら上達すると思う？　ロロ……」

思わず、部屋の奥で窓枠に寝そべってラスの練習風景を眺めていた黒猫に、ラスは眉尻を下げて問いかけた。赤い首輪のついた頭を持ち上げて、ちらりとラスを見遣ったロロは、面倒になったのかすぐに寝直してしまう。苦笑して、ラスは夫人の教えを思い出した。

——練習あるのみでございますよ！　とにかく、数をこなして覚えるしかないのです。

（数をこなして、……うーん。こんなひどい有様で自主練習しても、よね……。でも、ダンスが上手くなる大切なコツを、カリエラ夫人はもう一つおっしゃっていたわ）

——踊りを楽しむことです。でなくては、ダンスの神様に見放されてしまいますからね。

（ダンスを楽しむ、かぁ……）

叶うことなら、いつか一緒に踊ってみたい相手といえば。ごく自然と頭に浮かんだのは、

——銀色の髪と、蒼穹の瞳を持つあの人の姿だった。

彼の煌めくような笑顔で、もしも「お手をどうぞ」と誘われたら、きっと。

（わわっ！　何を考えているの、私！）

ぶんぶんとかぶりを振って、身の丈に合わない想像を頭のすみっこに追い払う。気を取り直して、たった一人で、固い大理石の床の上を低い踵でペタペタと踊りながら。相手が

いる体裁で腕を上げ、教えられた動きを続けるうちに、ラスはますます落ち込んだ。

（あ、間違えた。こうじゃなくて、こっちを先に……違う違う！　こうでもない！）

どんどんドツボにはまって焦っていたら、とうとう不注意でコンソールテーブルの角に腰をぶつけてしまい、「わっ！　いったぁ……！」と叫ぶはめになる。

（はあ……もう、ダメダメだわ、私……）

油断すると、またぞろいつもの「私はダメだ」の後ろ向き虫が出てきそうで。ラスは思わず、ステップを踏む足を止め、唇を噛んだ。

――と。

「ラケシス嬢？」

ホールの入り口の方から耳慣れた声で呼びかけられ、ラスはハッと顔を上げる。

「あ、アレンさま⁉」

いつの間に入ってきていたのだろう。

飴色の扉の前に、常の白い装いをしたアレンが立っていた。その美しい碧眼がこちらに据えられているのを見て、ラスは慌ててドレスをつまんで腰を折る。片足を軽く後ろに引き、もう片脚を軽く曲げ、けれど背筋はピンと針金が一本通ったように真っ直ぐに。

「いらっしゃると気づかず、大変失礼いたしました！」

相手に最上級の敬意を示す、淑女の跪礼を執るラスに、アレンは目を細めた。

「ううん、俺こそ驚かせてしまったようだから。……それにしても、綺麗なカーテシーだね。まるで昔から身につけていたみたい」

「あ、……ありがとうございます」

所作がさまになっていると微笑まれ、ラスの頬に朱が走る。……意中の相手に褒められて嬉しくないわけがない。そして、アレンの一人称や口調がやや砕けたものであることにも、少しだけ胸が高鳴った。

（ここは王宮の主殿だけど、今は研究所と同じようにくつろいでくださっているということ……？　そんなふうに解釈するのは、我ながら都合がよすぎかしら……）

ちらりと過った分不相応な期待を追い払うと、ラスはおずおずとアレンに問いかけた。

「あの、アレンさまはどうしてダンスホールに？」

柔らかな声で返ってきた答えは、ごく分かりやすいものだ。

「君が受ける予定の、次の古代語学の授業だけど。講師のタガレス博士が急用で来られなくなったと連絡が入ったから、それを伝えに」

「そうだったのですね。わ、わざわざありがとうございます……」

（ひえ……お、お忙しいはずなのに。王太子殿下が自らお知らせしてくださるなんて）

恐縮しきりなラスである。しばしば、アレンにはこういうところがある。「自分で言った方が早い」と、細かな内容でも言伝を頼まず己で伝えに来てくれるのだ。

ラスも「あの、ご公務がお忙しいのでは……」と一度懸念を口に出してみたこともあるが、「いや？　むしろ、それを口実に君に会えるから、役得かなって」などと眩暈がしそうな返事があって以降、意図的にその辺りに触れないようにしている。どう考えても「いや？」なわけがない。彼は王太子だ、忙しいに決まっているのである。

「というわけで、空き時間にお茶でも一緒にどうかってお誘いをね。せっかくだから」

「今度こそご公務は⁉」

「あはは、心配ありがとう。時間は作るものだし、実際ちゃんと作ってから迎えにきたから。……ところで、俺はひょっとしなくても、君のダンスの練習を邪魔してしまった？」

「え？　いいえ、邪魔だなんて！　というか……」

この問いに、ラスはしばし呆然とした後、先ほどとは違う意味で真っ赤になった。先ほどまでの情けないていたらくを、アレンにはどこから見られてしまっていたものやら。

（うう。恥ずかしい。テーブルにぶつかったところも、もしかして……⁉）

いかに結ばれる可能性がない相手といえど、好きな人の前では、できるだけ格好をつけたいものである。彼にだけは見られたくなかったのに。おまけに、しゅんとしおれるラスの様子を見咎めたのか、「ラケシス嬢、どうかした？」とアレンは尋ねてくる。

「えっと、……実は」

訊かれて答えないわけにもいかず、結局ラスは、洗いざらい悩みを打ち明けることになってしまった。

「……というわけで、ダンスが全然、上達しないんです。アレンさまは……カリエラ夫人から何かお聞きですか？　その……私のダンスの……ひどさについて」

「特には。夫人は、『一生懸命でいらっしゃいます』と微笑ましそうにしていたよ」

（つまり遠回しに『感想に困る』って言われてる！）

アレンの答えに、ラスは内心で頭を抱えた。

（それは……一時的に王宮にいるための教養として習っているだけだから、きっと披露の機会もないし……ダンスができなくても困りはしないのかも、しれないけど……）

ここまで不得手なら潔く諦めた方がいいのでは、と思いもする。教えてくれる夫人にも申し訳がなくて、ダンスだけはレッスンを断ることも考えた。でも。

（アレンさまが、よかれと思って加えてくださったレッスンだもの）

その厚意を、可能な限りは無下にしたくない。一生懸命教えてくれる夫人にも、これくらいはできるようになったと示して恩返ししたい。だからせめて、基本のキだけでも――

そう思って、なかなか思いきれないのだった。

「ダンスか。俺も最近はあまり踊ってないな。王族が参加しないといけない夜会の類はなきにしもあらずだけど、できるだけホールには下りないようにしてたし」

「そうなんですか？」

もしやダンスが苦手な仲間だったりするのでは——と一瞬期待したラスだが、「踊るのは嫌いじゃないんだけど、そのままお相手のご令嬢たちと話すのが面倒くさ……あまり得意じゃなくて」とアレンが素直すぎる告白をくれたので、黙り込むことになる。

（そしてやっぱり、アレンさまはダンスもお上手なんだわ……！）

すごいなあと感動しつつ、なんとはなしに落ち込むラスである。そもそも、国中から崇敬を集める、絵に描いたような完璧な王子様のアレンと己などを引き比べるのも妙な話なのだが。やはりこんなにできないのは自分だけなのか……と。

（うう。このかたに『ダンスの何がそんなに苦手なの？』とかって不思議がられたら、ちょっと立ち直れない……！）

考えるうちどんどん卑屈になってくる。気まずさから視線を下に落とし、ドレスの端を掴むラスの様子を見つめていたアレンだが。不意に、ふっと口元を緩めた。

「誰にだって得手不得手があるんだから、気にすることないよ。たとえ多少の不得手があったところで、君には薬糸魔術と無害化魔法っていう、誰にもそうそう追いつけやしない得意分野があるんだし、ね」

「！　……は、……はい！」

かけられた言葉の予想外の温かさに、ラスは思わずじわっと涙腺が緩みかける。いきなり目の前で泣かれてもアレンを困らせるばかりだろうから、雫をこぼすのはぐっと我慢だ。

そんなラスに笑みを深めた後、アレンは唐突にこんな問いかけをしてきた。

「そういえば、カリエラ夫人は、ダンスが上達するコツについてはなんて？」

「？　ええと、確か……ひたすら練習あるのみ、と」

ラスは指を折って、言われたことを暗唱する。

「あとは……ダンスを楽しむこと。さもなくばダンスの神様に嫌われてしまう、と」

「なるほどね」

答えを聞いたアレンは得たりと頷いた後、――ひょいとラスの手を取った。

「じゃ、練習しようか」

「へ？　え……と」

流れが読めない。何がどう「じゃ」なのだろう、とひたすら「？」を飛ばすラスに、まるで声に出ていない疑問を聞き取ったかのように、アレンは肩をすくめてみせた。

「俺はダンスが割と好きだけど、舞踏会は苦手。そこに都合よくラケシス嬢はダンスの練習がしたくて、見たところ相手はいない。その空席に俺が立候補しても問題ないかなって」

「え、え……いえ、でもっ⁉」

いつかとは考えたけれど、まさかこんなに早く叶うなんて。心の準備というものが！

「俺が相手じゃ力不足？」

「っ！」

そうまで言われてしまっては。急な提案にラスは目を白黒させていたが、ごく自然に取られた手を白い衣装の肩に導かれ、逆に腰に腕を回されるに至り、彼の本気を悟る。

（っていうか、近い近いっ、近いです‼）

レヴェナント中に知れ渡るほど美しいそのご尊顔が、近いどころか吐息がかかりそうな位置にある。そして、その手の感触や、上背のある体躯の厚みがすぐ間近に感じられ、ラスは気絶しそうになった。「ひえ」と口から情けない悲鳴が漏れる。

しかしアレンはラスの混乱を知ってか知らずか、青い瞳をわずかに和ませただけで、さっさと次の段階に進んでしまう。

「それじゃまず、基本のワルツから。はい、一、二、三」

（わーっ！）

いきなり始まったステップに、ラスは悲鳴を飲み込んで必死についていく。

片足を引いてクローズドチェンジ、ターン。くるっと回って、止まって、また回って。右に左にホールを横切り、お互いに身を寄せ合ったまま、波にたゆたうように揺れる。

心臓はドキドキとひっきりなしに鼓動が速まっていくばかりだし、脚はこわばってもつれそうになるし。それなのに頭はのぼせたようにぼうっとなるしで、案の定、たびたび手順を間違えては、アレンの足を踏んづけてしまう。——でも。

(た、楽しい、かも)

華やかな音楽もない、煌びやかな灯りもない。ドレスは練習用の動きやすく簡素なもので、靴は華やかな高いヒールですらない。

けれど、ひらりと翻ったスカートが、脚に纏いつくくすぐったさが。踵がホールの床石を打つ軽やかな感触が。危なげなくリードを取ってくれる、その頼もしさが。そして何より、どんな瞬間でもそれぞれに、彼が楽しそうに——本当に楽しそうに、笑うものだから。

いつの間にかラスは、緊張も忘れてアレンと共に過ごす時間に没頭していた。

——コツン。やがてホールに、最後のステップで揃った二人の足音が響いた。

(……終わっちゃった……)

「楽しかった?」

ぼうっと余韻に浸っていたところですぐ傍らから問いかけられ、ラスは目を瞬く。

肩が上下するほど上がった息を整えつつ、未だ体を火照らせる熱の冷めやらぬまま、ラスはアレンを見上げた。一方でアレンは、息一つ切らしていないのがさすがである。

「はい！　とても！」

紅潮した頬が緩む。淡い紫の瞳を輝かせ、ラスは自分でも知らないうちに、満面の笑みを浮かべて即答していた。その表情を見たアレンがわずかに目を見開いたことに、ラスは気づかずに拳を握る。至近距離はそのままで、彼の腕の中にいることも忘れて。

「アレンさまはすごいです。終わってしまうのが惜しくて！　私、ダンスの神様に――」

嫌われずに済むでしょうか。その問いは、最後まで口にすることはできなかった。

「わぷ」

アレンが、己の胸に押しつけるように、ラスを思いっきり抱き込んでしまったせいだ。

（え、ええっ……!?）

突然の行動に、ラスは今日一番の混乱に見舞われた。

おまけに、咄嗟に身を離そうとした瞬間、逃すまいとするようにぎゅうぎゅうと力を込められる。腕ごとすっぽり包まれているので身動きもとれず、「放してください」の意図を込めてちょいちょいと目の前にある彼の衣装を引っ張ってみたところ、息がしやすいように少しだけ緩めてもらえたものの、やはり解放される気配はない。

「あ、あの……アレンさま？　い、いかがされました？」

「ごめん、……ちょっと立ちくらみってことにしといて」

「え？　大丈夫ですか!?」

いきなりダンスの練習に付き合ったから、日頃の疲れが出てしまったのだろうか――と焦るラスは、その台詞の末尾の「ってことにしといて」を聞き流してしまった。

おまけに視界には、彼の胸元の白しか映っていなかったもので。彼の耳が、ラスの頬に負けないくらい真っ赤に染まっていることなぞ、当然知りようがなかったのである。

――さて。二人きりのダンスを終え、アレンと連れ立ってホールを後にしながら、ラスはしみじみとお礼を言った。

「本当にありがとうございます、アレンさま。すっかりお付き合いいただいて……あの、たくさん踏んでしまって、足は大丈夫でしたか？」

「こちらこそ、久しぶりに踊れてすごく楽しかったよ。足は全然平気。なんならもうちょっと踏んでくれてよかったのにってくらい」

カラッと軽口を叩くアレンに、ラスも笑いそうになって、慌てて表情を引き締める。

「それじゃ次は、舞踏会で君と一緒に踊れたらいいな。音楽があると、また違うからさ」

「……次、ですか？」

ラスはきょとんとして目を瞬き、やがて神妙な顔になった。

（ううん……？　私は、研究所でのお仕事が一区切りついたら王宮を辞す身だし、……ご冗談の延長かしら？　ええと、……でもそんなことを言うと、きっと興醒めだと思うし）

返答に迷った挙げ句、ラスは「ええと……」と口を開いた。

「いえ、その……アレンさまは、舞踏会でのダンスはあまり好きではないとおっしゃっていたので、お付き合いいただくのはと……」

「ん？　でも次は、なんの問題もないよ？　ラケシス嬢さえいてくれたら」

「……は、はい？」

「わからなければいいや」

（どういう意味かしら。私がいたって、私とばかり踊るわけでもないし。それ以前に、私が舞踏会に参加する機会なんてないわけで……？）

にこっと微笑んだアレンの、ネオンブルーアパタイトの双眸が、どこか悪戯っぽい色を宿したから。本意を尋ねてもきっと教えてもらえないと当たりをつけ、ラスは覚えた疑問を飲み込み、首を傾げるしかなかった。

恋人や婚約者、妃などの決まった相手がいる王侯貴族は、舞踏会で不特定多数からのダンスの誘いを断ることができる——という社交界の掟をラスが知るのは、もう少し先の話になる。

あとがき

この本をお手に取っていただき、ありがとうございます。夕鷺かのうと申します。

執筆中の今は壮絶な酷暑真っ盛りで、家から一歩も出られず、ひきこもりがひきこもりタイトルの話を書いているような有様です。本が出るころには、ちょっとでも涼しくなっていればいいのですが……。暑すぎて蚊が出ないし蝉も鳴かない夏って、何事……。

今回は魔女ものの西洋風ラブコメファンタジーです。何かと初挑戦なことが多く、楽しんで書かせていただきました。おうち時間のおともにぴったりな、さくっと明るく甘く読めるお話を目指しております。少しでも楽しんでいただければ幸いです。

物語を作る時、神話モチーフをどこかに入れるのが好きなのですが、今回はギリシャ神話で有名な、人間の運命を司る三女神『モイライ』からヒロインの名前を拝借しました。本来であれば、クロトが紡ぎ出した糸の長さを、ラケシスが計り、アトロポスが断つので、姉妹に見立てるならその順番になるのが自然かと思うのですが、都合上ラスには三女になってもらっています。メーディアも同じくギリシャ神話の魔女から。我ながら中二病です。

また、ヒーローのミドルネームは、竜退治の逸話で知られる聖ゲオルギウスの剣『アスカロン』をもじってあります。この剣、実は昔ゲオルギウスが魔女から譲り受けたものだそうで、「魔物退治に使った武器が魔女由来って、あべこべで面白いな……」と思ってこっそり紛れ込ませてみました。重篤な中二病です。たぶん死ぬまで患っていると思います。

それではこの場をお借りして、お世話になった方々に御礼を。

イラストの祀花よう子先生。ラスとアレンのラフを最初に頂いた時、イメージぴったりすぎて悲鳴が出ました。そして黒猫ロロがもうあまりに可愛くて……！　紫をコンセプトカラーに華やかにまとめた表紙も本当に素敵で、見るたびに惚れ惚れします。

新担当Y様。初っ端から少女向けにあるまじき下品なNGワードを原稿内で連発し（※主にお姉ちゃんズのせいで）、非常にご迷惑をおかけしました……！　具体的になにがどうアウトだったのかここで言えないレベルのNGで申し開きの言葉もないです。そして、前作までの旧担当I様、長い間、本当にお世話になりました。

校正様・デザイナー様はじめ、出版・流通・販売に関わってくださる全ての皆様。

素敵なご感想のお手紙をくださった皆様。温かいお言葉にいつも励まされております。

最後に、この本を今開いて下さっている皆様に、改めて深く御礼申し上げます。またどこかでお会いできますように。

夕鷺かのう拝

■ご意見、ご感想をお寄せください。
《ファンレターの宛先》
〒102-8177 東京都千代田区富士見2-13-3
株式会社KADOKAWA ビーズログ文庫編集部
夕鷺かのう 先生・祀花よう子 先生

●お問い合わせ
https://www.kadokawa.co.jp/（「お問い合わせ」へお進みください）
※内容によっては、お答えできない場合があります。
※サポートは日本国内のみとさせていただきます。
※Japanese text only

孤独な森のひきこもり魔女、王太子妃として溺愛される

夕鷺かのう

2022年9月15日 初版発行

発行者	青柳昌行
発行	株式会社 KADOKAWA 〒102-8177 東京都千代田区富士見 2-13-3 （ナビダイヤル）0570-002-301
デザイン	島田絵里子
印刷所	凸版印刷株式会社
製本所	凸版印刷株式会社

ISBN978-4-04-737164-4 C0193

定価はカバーに表示してあります。
◇◇◇